JN059737

エバーラスティング・ブルー

羽田和平
WADA KAZUHEI

幻冬舎 MC

エバーラスティング・ブルー

その日。

一筋の涙が頬を伝う。
この高い屋上から、地上へと、夜闇に灯るいくつもの光を見ていた。

それが彼女の涙を照らし、生ぬるい風が、流れた雫を奪って落ちてゆく。
明日はまた来る。
終わりなき日々その中に、彼女は暮らし、そして大切なことを忘れていく。

彼女は本当の青空を、知らない。
この地上よりはるか澄み切った、誰よりも自由な空を。
雲さえも突き抜けて、頭上一斉にまたたき出す星たちのかがやきを。
そこへとはばたける翼のことも。

彼女はまだ知らない。

透明な風を運ぶ、銀色の流星を。

その彼に、出会うことも。

目次

第一幕　奇（き）

「やっぱり、溺れてる」

そうつぶやく。

はっとして、すぐに叫んだ。

「ちょっと、人が！　人が溺れてる！」

学校に行く途中に見える大きな川を、人が流れているのを見たのだ。

サリルは慌てて階段を駆け下りた。

川面を見ると、溺れた人はピクリとも動かず、背中だけ浮いている。

「誰かー！」

と呼ぶが返事は返ってこない。

時間もない。意を決し、制服のスカートにあるポケットからアクセサリーを出した。

二つのチャームが金の鎖で繋がったヘアブローチだ。透明で紺碧の石が翼の飾りをまとう。

長く明るい茶色の髪をたくし上げ、耳より高い位置をそのブローチで結ぶ。

乱暴に靴と靴下を脱ぎ、川まで降りるための段を下っていった。

「私の声、聞こえる!?」

何の反応も示さない。サリルは川の中へと入っていく。

「えっ？」

川の深さは意外にも、サリルのひざ上までの深さでしかないのに、流れてくる人の肌は真っ白で何の動きもない。体の重さを想像して手すりにつかまる。

今！　と思い、掴んで引き寄せたその手はおもちゃのように軽かった。

「ええっ？」

どういうこと？　考える間もなく白い手がビクン！と動きだす。

悲鳴を上げたその時、少年は川に沈んだ顔を起こし、目を開いた。

薄金色の短髪に、緑色の水晶のように透き通った大きな目がこちらを見ている。

ずぶぬれの白いパーカーから、しずくが水の線になって滴り落ちている。

肌は白く、だいだい色は少ししかない。こんな人間、この街でも見たことがない。

「……ちょっと、意識があるなら自分で立ったら⁉」

少年は前髪から水滴を落とし、ぼーっとしたままこちらを見ているだけだ。

「あの、何か言ってよ。うなづくとかでもいいから」

サリルの問いに首を傾ける少年。話が通じないのだろうか？

ますます頭がこんがらがる。とりあえず学生証、あと交番、病院でしょ……。

しかし少年はサリルの体を避け、手すりを使い、柵を丁寧にまたいで歩き去っていく。

唐突な救出劇はまさかの自力で終わって、サリルはその場所に置いていかれた。

「なんなの……いったい」

なんだか損した気分だ。拍子抜けして見上げると、谷間の向こうに空が広がる。

相変わらず、青色にシャボン玉のような七色の光が混じり、輝いて波打っていた。これは、街の外に広がる嵐や猛烈な気候といった過酷な環境から自分たちを守る光の膜だ。

あの子、どこから来たんだろう。少なくともこの街の人間でないことだけは明らかだろう。
そんな疑問を浮かばせながら手を下ろすと、腕時計とその針が視界に入った。

「あ！　やばい。時間が……」

ずぶぬれの足ではしごを上り、靴下を無視してローファーを乱暴に履き、自転車を懸命に漕いで街並みを横切り、ようやく駐輪場に自転車を止めてさえ、校舎まで全力疾走を余儀なくされたサリルは、どうにか教室に滑り込んだ。

「ちょー危なかった……」

肩で息をして、友人の隣の席に辿り着く。

「どーしたの？　サリ、朝っぱらからそんな必死こいたらお肌にわる……」

息荒く、目を大きく開いて、ユウミは驚く。

「ちょっと座って座って！　直してあげるから。こんなんで髪結い志望なんて言えないよ？」

「志望してるわけじゃ……」

サリルは席に座ると、ユウミのポーチに溢れるように入ったメイク道具のお世話になった。

ユウミがサリルのヘアアプローチを取ると、長髪はあちこちに跳んだ。

ユウミは櫛(くし)を使ってサリルの乱れた髪をなでながら、尋問し始める。

「はい何が起こったか説明しなさーい」

「なんにもないよ。ただの遅刻」

「あんたに限ってそんなことはありませーん。かわいそ、ノラ猫みたいになってさ……」

「バカなこと言わないでよ。私だって……てか私人間だから」

「普段しっかりしてるって褒めようとしたのに、ひど」

「ごめんごめん、違うの……てかだったら言い方！　あるでしょ。もう」

と突っ込んだその時、背後から男子の一人がへらへらしながらサリルを眺めてくる。

「トワルさあ」

その視線を感じて振り返ると、男子が口を開くのと、教室が静まるタイミングが重なった。

「俺知ってんだけど、今朝さ川辺で変な男と一緒にいたってマジ？」

折悪く、静まり返った教室にその声が響き渡ってしまい、教室中の誰もがこちらを見た。

「あ……」

こういう時、頭が真っ白になる。悪くすれば、笑われる。

だが男子の顔を見るなり、ユウミがすぐに口をはさんだ。

「つかだからなんなの？」

「えっ……。いや、ちょっと気になったから聞いてみたかっただけだ」

「ふーん。女子が男子と会ったのを見たのがそんなに珍しい景色なワケ？」

「……ちげえよ。面白くなるかと思ったんだよ」

「で、ウワサまき散らすんでしょ。だったらあたしがあんたを面白くしてあげよっか？」

ユウミの意地悪な笑みに、男子は自信なさげな怒りの表情を露わにして、しぼんだ。

「絡んで自爆とかだっさ」

教室の後ろに固まる男子たちの声が笑いを呼び、目立ってしまった三人も次第に教室の風景に溶ける。

舌打ちする男子にユウミが勝ち誇る顔だけは、サリルの記憶に確かに刻まれた。

「でででで、どんな子なの？　どんな子？　イケメン？」

サリルはうんざりしてため息をつき、顔を横に振る。

「ああ、もう。そんなことだろうと思った……。あのね。何か知らないけど川で溺れてたから助けただけよ。顔見たこともないし、別に何の気持ちもない」

「川？　どんくさくね？」

「うん。お礼もないし、変なやつだった。それだけ」

「いいじゃん」

ユウミが口の両端を上げて、何も言わずにサリルの目を見た。

何がいいの……。とサリルはユウミに困りながらも、ふと、窓からの光に照らされた金色の髪の少女が校庭を眺めているのを見止めた。ジョナはいつも笑顔を絶やさない。

たくさんの女子に囲まれていて、男子が近づけるはずもない立場にある。

もちろん、その輪にいないサリルも近づくことはできない。けれど二人は高等一年生で親しくなったまま一貫して変わらず、偶然クラス替えで離れたこともなく、グループのどこにも属さずにやれている。それは同時に、属せない、ともいえるのだが。

「うるさあい。九月八日オノコロ街二区高等学校三年三組朝のホームルームだ。皆起立しろ」

全員が立ち上がりお辞儀をして、着席する。

「今日、十二月の『みささげ祭り』まで三カ月を切った」

と言って、先生は黒板に地図を張った。

ドーム状に作られた巨大な都市が、今サリルが暮らしているこの場所だ。

この砂漠に浮かぶ楽園(オアシス)をオノコロという。

かつて雲の上に浮き、自由に空を飛べたというこの街は、文化も、言語も、社会の仕組みも、その頃あった『ニホン』という島国に由来するそうだ。

しかしその『セイレキ』という時代もサリルが生まれる遥か昔の話で、生活や制度の形式以外、今はそれもこれもおとぎ話のようにしか残っていない。

『ニホン』には亡くなった人のためにお祭りをする文化があったそうで、『みささげ祭り』と呼ばれるこの文化もその名残らしい。それも今や、年に一度のはめ外しである。

そして、先生は淡々と話題を変えた。

「祭りに関しては以上。それとこの時間には珍しいお客さまだ。黙って話を聞くように」

お客さん？　いったい何のことだろ。

戸が開くと、同い年の男の子が、緊張した面持ちで立っていた。

背が高く、紺の装束が似合っている彼は、交番を拠点にし、街の安全を守る組織の一員で、サリルもよく見知った人だった。

「失礼します。……二区交番の官憲より、皆様にお願いでやってきました」

「トッシュ！」

男子たちの弾ける声が大きく、トッシュも白い歯を見せてはにかむ。彼らは中等生で一緒だったから、旧友たちだ。彼らのその一瞬のやり取りを見ていると、あれだけ騒ぐはずのユウミが、急に何の茶々も言わなくなって、真剣に前を向いているのに気が付く。

「つい先ごろから、目的も動機も不明の男がビルを飛び回って、建物を壊している事件をご存じでしょう。まだ我々も特定できず、足取りを追っています」

「トッシュ！　なんとかしてくれ！」

トッシュは唐突なガヤを恥ずかしそうな顔をしながら手で制し、伝えたいことに集中するように一点を見た。

「調べたところ、その者はコゴルスの石を奪おうとしていることが分かりました」

サリルは手の平のダブルブローチに埋め込まれた紺碧の石を見た。

これがコゴルスの石だ。

街の全員が持つ宝石で、正しい名前は『ルスコゴルス・ティアード』だと授業で習った。

この街の地下深くに、増え続ける大結晶があり、そこから一欠けらを砕いて削り、美しいカットにして装飾品にするのだ。心が複雑になっていく思春期の初めに、この街の全員が自分でアクセサリーをデザインし、できるだけ作って職人が仕上げる行事がある。

「交番からは、この石を見えるところに身に着けないようにして欲しいのです。特に祭りの前後は、伝統では重要な飾りではありますが、危険ですので注意してください」

トッシュが言い終わると、先生は淡々と話す。

「トッシュ君のお願いは以上だ。質問したいことは先生が聞くからな」

「トッシュに聞かせてくれよ！」

「もう帰っちゃうの？」

生徒の不満には全く動じず、先生はトッシュに手で合図する。

トッシュは微笑み、お辞儀をしながら手を振って廊下に出て行き、皆ざわつく。

「うるさあい。面倒をかけさせるな。朝の時間はこれで終わるから一限目の準備。そこ。うるさあい。この街で路頭に迷わないように、自分の人生決め始めろよ」

と、言いたいことだけを列挙するような喋り方で生徒を制すと、先生も廊下に出て行く。


教室は文句で溢れかえり、トッシュのことや今日の予定といった話題でざわつく。

「ユウミ？」

急に大人しくなったユウミに驚くが、口を開いて話すのはユウミが先だった。

「ああ、サリ。……石って、持ち歩き禁止になるんだね」

「ユウミは片耳のイヤリングだよね。あれ、大っきくてかっこいいよ」

「うん、派手だから大事な時には付けて行ってたんだけど、それもしばらくお預けか」

「トッシュ君に言われると皆言うこと聞いちゃうでしょ。性格もいいし、真面目だよね」

「繋がりあるんだ。サリ」

どうやらユウミもサリルがトッシュを知っていることは意外だったようだ。

「私一応初等生のときに同じで。でも中等生で官憲の養成学校に行っちゃったからさ。ていうか、ユウミもあるんだね」

「うん、中等三年次が同じクラスだったからあんまり話してないんだけど」

「決まってる子はいいよねえ。そういえばゾノって頭いいよね。……皆どこ行くっけ」

「医学部。チエは水道局。ノンミは福祉、カナとマユは大学行かずにやりたいことやるって。ほんっと皆すごいわ。ぼんやりと不安しかないもん」

遠い目をしたユウミの顔が興味を引いたので、サリルはあまり聞かないことを聞いた。

「ねえ、なんかやりたいことあるの？　ユウミ」

「結婚したいくらいかな」

「ケッコン」

「って。ないから大学に行くんじゃない。四年で遊んで、働いて男掴まえて、くらいよ」

「でも大学の勉強ちゃんとしてるでしょ。すごい」

「いやいや受かるか分かんないって。てかあたしはいいのよ。サリはさ。どうすんの進路。何するったって瀬戸際だよ、今。髪結い師の資格も、煮炊き師の資格も受験も」

サリルはユウミの言葉に答える。

「煮炊き師はまだだよ。私はウェイトレスかな。母さんのお店手伝わなきゃ。髪結いは修行もあるし、すぐにお金にもならないじゃない」

「……そっか」

けれどユウミの顔は気分良く首を縦に振るような感じではない。

サリルは空気を察して話題を変えた。

「うん。そうそう、ユウミ。そういや今日だよ。舞台」

「そうだ！　区民劇場の小ホールだっけ」

打って変わったユウミの顔に、サリルの胸は安らぐ。だが、同時に彼女は小声になる。

「うん。今日もジョナのヘアメイク」

「やばいやばい。あの子スカウト来てるんだもんね」

「そうなの。だから遅めの合流になるけど大丈夫？」

「大丈夫に決まってんじゃない。席取って待ってるからさ」

と言いつつ、ユウミはサリルの手の平にある、ヘアブローチを眺めている。

「ユウミ、どうした？」

「ううん。舞台見に行くのに、サリルもそれ、使えなくてやだね」

「そうね。でも、危険はやだよ」

「あたしも耳ぶちってやられたら最悪じゃん。穴開けてなくても付けられるやつだけどさ」

「いったぁ……。あ、そういえば、官憲さんの石はカミナリが出るんだよ。すごくない？　見たことないいんだけど凄い光が出るんだって」

「へえ、それ、あたしたちのでもできるのかな?」

「研修? 修行だっけ? そういうの受けないと無理らしいよ。封印が解けないとか」

「研修。それ誰から聞いたのサリル」

「それもトッシュ君だけど」

「へえー……」

「うん」

するとユウミは、息を吸い込んだ。そして次には、勢いのある彼女の声に戻った。

「仲いいじゃんサリさあ。トッシュ君、いけるんじゃない?

そうだ! トッシュ君にもらってもらって、一緒に住めばよくない!」

「冗談! あんな子、いけるわけないし、てかそれ正気?」

正気に決まってる。そんな声が聞こえるかのように、彼女ははっきりとサリルに言った。

「もうなんでもいいよ。サリが後悔しなきゃさ」

「後悔って?」

「いろいろよ。ほんとにこれから、レストランのウェイトレスでいいのか、とかさ」

ユウミのふざけのない顔が、サリルに今日、初めて響いた。

「ありがと、でも私も、お母さんのお店の手伝いするのが普通なだけだよ」

「そっか……」

ユウミはそれ以上の言葉を言わずに、サリルの表情を見たままだった。

あっという間に授業時間が終わった。

放課後。サリルは自転車を走らせ家の裏口に着いた。

年季の入ったマンションの扉から誰もいないロッカー室に入ると、自分の鍵を開ける。

濃い緑色に、まっ白いラインの入ったワンピースの上からエプロンを付け、結んだ髪をそのまま頭に巻いたナプキンに放り込むと、厨房へ歩く。

ここはレストラン、ペンペンコ。

たくさんの料理を作り運ぶ人々が卵を割り、野菜を切り、放熱器の上でガラスのフライパンを持って肉を焼き、豆を炒めている。騒がしい音の奥に、お客さんたちの声が聞こえる。

「……料理長。サリル、ただいま入りました」

「バイト？　まー遅いわ後がつかえてるわ今日はお客さんがいっぱいだでこの忙しい時に……。って、ああサリルさん。今日は今言った通り客が多いから察して動いて！　さあ！」

矢継ぎ早に言ってくる料理長の言葉に重ねてサリルは頭を下げる。

「分かりました」

「客が多いから厨房をさばいてェ！」

「はい！　ただいま」

威勢よくサリルは答える。こういう時は、まずは皿洗いからすれば何も言われない。すぐに流しに入り、放置されたまま積まれていく汚れた食器に手を付けた。

料理長はあちこちに指示を出し、スープやソースを味見しては指示を与えていく。

今、自分を含めた五人が彼女の下で動いている。もちろん腕の立つ男のシェフもそうだ。

「大人三名来店です。豆料理定食、牛肉のソテー、ナポリタン！」

ウェイターの声がまた厨房に響く中、サリーは蛇口から流れる水に皿を当て、洗い上げていく。

「サリさん、サリさん」

こそばゆい声は、年下の後輩でコック見習いのネスタだ。

「なに？」

「これの野菜って、どう盛るんでしたっけ？」

「それ気を付けて……。高いお肉だからさ。野菜なら重ねて、葉っぱは森っぽく……」

「サリルさん！」

「あっ、はい。料理長」

「後がつかえてるんだ。黙って、ちゃんと洗ってくれないと」

ウェイターの男が持つ器は幾重にも重なっていて、サリルは一瞬目を丸くする。

「使えないようなヤツじゃダメだよ！」

「はいっ、ただいま！」

ほとんど反射的に声が出た。これでは普通に声を出してネスタに指示することはできない。

「どうしよう……」

後輩の弱弱しい顔。その時偶然、同じ牛肉のソースがけを持っていくウェイターが見えた。

「あ、待ってください」

サリルを見てウェイターは目を丸くして止まる。皿の上の料理をネスタが素早く見る。

「……何？　虫でも？」

「いえ！　あっちのトレー、空きましたからその上に乗せたほうがいいかなって」

「ああ、そうか」

そう言うとウェイターは急いで扉の向こうへと消え、サリルはネスタに耳打ちする。

「これでいい？」

ネスタは嬉しそうにうなづいた。

その彼女の顔に自分も嬉しくなって、サリルは洗い場から厨房の奥にいる人の姿を見た。

誰よりも燃え盛るフライパンをかき回し、最も腕のよい店長が、誰にも目をくれることなくひたすら働いている。サリルの母、クリシャだ。

サリルは彼女に一瞬視線を向けると、ひたすらに食器を洗う。

ついに一山終わらせたものの、仕事は彼女を待たず、料理長の声が響く。

「サリルさん、ここに来て！　今日は劇があって客足が伸びてるんだ」

「はい、ただいま！」

「サリルさん！　手伝って！」

「いきます！」

「こっちに来て！　これじゃあ人手が足りないよ」

いつの間にネスタがいなくなったのに気付くと、ようやくサリルも解放された。

そうするうちに、夕方が夜を連れてくる時間となって舞台の時間も近くなる。

サリルはバイトの終了時間を考えて焦っていた。人手が足りない場合は、シフトの時間が過ぎても働かなければならないからだ。

「はい、ただいま！」

「じゃあ、多分これで回せるから上がって！　つってても今日は忙しいんだけどねェ」

縮こまって、しかし笑顔で。一礼するとサリルはすぐに厨房から出ていく。

「じゃ、母さん、行くね。今日は遅くなるから！」

休憩用の椅子に座ってうとうとしていた母が、寝ぼけまなこを開けて本を持ちなおす。

「……ああ、そうなの。劇？」

「今日は開演が早いの。……その本、また？」

「そう。おばあの書き溜めた日記。ふふ、今日は頑張ってこなきゃね」

「母さんは疲れたでしょ。今だけでも休んでて」

「ありがとう。でも夜は指示出しだから大丈夫よ」

母が返事をし、本を再び持つ。

サリルはそれを見送り、着替え入りの袋と、がま口のポーチを入れた鞄を手に扉を開く。

店の裏口を出ると、背中には細長く、古ぼけたマンションが積み上がっていた。ここがサリルの家だ。一階がレストラン、三階が自宅で、職場と一体になっている。そしてここは土地の中心地。であると共に労働者層が暮らす最も地価の低い場所だった。

サリルはいろんなことを我慢して買ったとっておきのデニムを身に着け、自転車をこぐ。

「よかった。これならばっちりの時間ね」

夕焼けの街に、西日が眩しい。正面を見ると、ひしめくビルのわずか隙間から向こう側の景色がオレンジ色の輪郭を得ていた。まるでそびえる山に囲まれたようだ。そこでは引き車が、これから来る時間帯に人を乗せて走るために待機していた。車と言えば、自動車は排気煙のない電気で動くが、この街では決まった主要幹線路しか走れない。そんな状況だと、このような自転車や動物による引き車が役に立つ。

しばらく路地裏の近道を走ると、小劇場の敷地が見えてきた。他の立派なところより狭いが、それでも扉の前には老人や親子連れが入場開始を待っていた。サリルは遠回りして、劇場の無人駐輪場に自転車を止めようとして、地面に足を付けた。

「いたっ」

デニムに付けた白いベルトに、鉄の部品が当たっている。

サリルがその方向を向くと、自転車がドミノのように何台も倒れていた。倒した人は、ただぼーっとしている。

私、関係ない、関係ない。

倒した人は、自転車を起き上がらせては連鎖して倒し、また起こしては倒していく。

少々鋭い視線を送ったかもしれないが、サリルは背を向けた。

だが何かを思い出し、サリルはその少年を二度見した。

灰色の制服を着ているが、彼は確実に今朝助けた白い肌の少年だ。

彼は何度も同じやり方で失敗を繰り返し、そのうち、こちらと視線が合ってしまう。

「げ、劇見に来たの？」

何だか気まずくて笑いかけると、少年は片頬を上げた。

「それ、笑ってる？」

まさか、女子と話したことないのか。少年は顔を下に向け、まじめに自転車を起こす。

他の自転車を立てる間に彼はまた自転車を倒した。また立たせ、また倒れる。

「……それじゃ終わんないよ」

放っとけなくなったサリルは、自分の一番近い位置の自転車を起こしていった。

「ねえ、あなたの自転車、どれ？」

少年は首を横に振る。何だか、自転車は持っていなさそうだ。

「乗ってもないのにここに来たの？」

また首を横に振る。自転車が何なのかも分からないのだろうか。

「これ、乗って走ると速い車なの。これ持ってない人は、ここに来ないんだよ」

分かったかな。てか何、説明してるんだろう。私……。

すると少年は、首を縦に振った。

「やっぱり話せないんだね」

仕事柄、人に食べ物を届ける仕事をやっているから、声を出せない人も珍しくはない。引っかかるのは、彼の肌も目の緑色も、ここにいる人とはまるで違うということだ。

自転車を起こしながら、サリルは言った。

「用のないところに来ちゃダメだよ？」

少年はまた首を縦に振る。これじゃ、何だか母親みたいでいやな気分だ。

それからは自分も、無言で自転車を起こしていくと決めた。

「あ！」

サリルは時間を見て、思わず声を上げた。

「ゴメンね！　こんなことしてらんないの！」

少年にそう言うと、まだ倒れている自転車をそのままにサリルは駆け出した。


「許可証を」

目じりにしわの寄った警備員が眼鏡を指で下げる。サリルは今朝と同じに肩を上下させた汗だくの姿で、赤い紙をつまんで見せた。扉が開くと蛍光灯が灯る廊下だ。

その通路を歩き、角を曲がるときらびやかな衣装を着た人々が出番を待っている。

「すみません！　お疲れ様です」

と言いながらサリルは中腰で横切り、控室の中に入る。

そこはまばゆいほど真っ白に輝く部屋だ。中に大きく古い鏡があって、そこにはブロンドのきらめく髪をまとう、同い年の美少女が座っていた。

「ジョナ」

サリルはそろり、そろりと歩み寄り、その主役……ジョナに頭を下げた。

「いつもより遅いわね」

「ちょっとトラブルがあって。でも、バイトもちゃんと終わったし」

ジョナはこちらを向くこともなく、事務的にサリルを確認するだけだ。

「トラブル？　手指はちゃんと動くのよね？」

「それは安心してよ」

サリルは鞄からがま口のポーチを出し、特殊な髪留めを持ち出す。ジョナはサリルに目もくれなかった。ジョナは、最後の仕上げにグロスをして、長いまつげをまばたきした。

ほのかに香る香水（パフューム）に、仕上がったメイク。あとは髪の毛だけだ。

いじらせてもいいわ。そう言いたげな彼女の無言と、しっとりとしたつやのあるブロンドが、サリルの手指を慎重にする。

枝毛一つないしなやかな髪を一束、手に取ってサリルは結い始めた。

なにしろ、この演劇は伝統的なものだ。主役は結い方が決まっていて丁寧に手順を進めなければならないし、ジョナはサリルの実力を買っているから、失敗はできない。

「ちゃちなものよね。古臭い劇の主役なんて」

ジョナは明らかに不満そうな声で、サリルのものと同じコゴルスの石を見ている。

彼女はそのネックレスから、鏡越しに映るサリルに視線を移した。

「確かにきれいだけど、皆が持ってる石なんて興味ないわよ」

サリルはジョナの文句に合わせるように、笑みを一つ浮かべた。

「そっか。私は、いいなって思ってる」

「そう。貴方にはそうでしょうけど。……こんな学芸会いつまでやるのかしら」

「卒業までは定期的にあるんじゃないかな。表、結構並んでたよ」

サリルは手を休めずに動かしながら、ジョナの話に合わせて無難に答えていた。

「親子連れ？　お年寄り？」

「まあ、そんなところかな」

「早く大学に行きたいものね。そうすれば先生のお達しもないし、自由に役を決められる」

「そうかな？　でも、みんな凄く楽しそうにしてたから、今日も大事な劇にきっと……」

ふと見るとジョナの視線が、鏡越しにサリルに突き刺さり、髪を結うのを忘れた。

「サリル。私、将来もう決まってるの。チャンスも掴めない、ふらふらしてる子たちに頼まれてやってあげてるだけだから」

ジョナの低めの声が部屋に響く。サリルは、視線を床に落とす。

「そっか……ごめん」

「手が止まってるわよ。早く済ませてくれないかしら」

サリルはうなづくと、それ以上は何も言わず、彼女の髪に専念することに決めた。いずれにせよ、複雑な編み込みを束ねたり、髪留めで止めて重ねる作業は集中が必要だ。

「心配しなくたって、私が出れば皆感動するわ」

「ジョナはスターだから、私が言うことなんて分かってるもんね」

「そう、だから中途半端じゃ困るのよ。ウサギみたく怯えられてもね。さっきの言葉、返すわ」

「……うん。私、軽かった。ごめんね」

「いいのよ。余計なことなんて考えずにお互い集中しましょ。気が散るわ」

サリルはジョナに手鏡を渡し、斜めも後ろもまんべんなく本人にチェックをしてもらう。

ジョナはそれで少しだけ機嫌を直したようで良かったような気持ちにもなる。

「相変わらず腕はいいわね」

……本当にそうだといいけれど。

「ありがとう」

とサリルが答えると、ジョナが椅子から立ち上がった。

返答の笑みを見せた時、既にジョナは主役の天使になっていて、サリルは女なのに、胸の高鳴りを押さえられなかった。彼女はもう、サリルがよく知るジョナではない。

笑みを浮かべて一回転し、スカートを翻して控室を出た瞬間。それまでに放っていた言葉からは信じられないほど、純粋で無垢で、白く輝く存在になる。彼女が高校卒業後、すぐに芸大に進むことが約束されている理由だ。

袖で待つ人々さえ釘付けにする様を見届けると、サリルはジョナと別の出口を行く。

　サリルは、どっと疲れた。それでもきれいな彼女を送り出せたことに達成感を覚える。いろんな物言いも、ジョナが他の誰にも言わない胸の内を自分だけに明かしてくれているなら、それは嬉しいものだと思えていた。今日はヘアメイクが公演中にいなければならないほど立派な舞台ではない。だからサリルは、今夜じっくりとジョナを見ることができる。

「サリ！　サリ！」

　オーバーに手招きをする女友達が、自分の名前を呼んでいた。

「ユウミ！」

「はやくはやく！　座ってよ。ぼーっとしてる？　疲れた？　大丈夫？」

　サリルは微笑み、首を横に振る。席に置いていたバッグを取り、ユウミは赤い座席をポンポンとたたいた。促されてサリルは席に座り、興奮を隠せない友人の横顔を見る。

「二人くらい男子誘ったんだけどさ。部活で来れないって！」

「そりゃ運動部は『体躯錬（たいくれん）』があるから」

「あの大会いつだっけ？」

「お祭りの直前だから、十一月かなあ。今は九月だけど、あれに将来かかってるからね」

「でもさ。昨日は行けるって言ってたんだよ。あいつら。かわいい子が見たいとか言って。決まったのにドタキャンとかマジくそね！　そうでしょ」

「あはは。そうかもね。ユウミの誘いを断るなんて、ないよ」

ユウミが差し出したポテトを受け取って、サリルはにこりとする。

「そうだよ。あ。サリ、ジョナの控室に行ってたんでしょ？　ねえねえ、何か話した？」

「うん。今日も並んでるって、ジョナに言ったら開演楽しみとか嬉しいって言ってたよ」

「そうなの？」

ユウミが突然、サリルの顔をのぞき込む。

「うん。そうだけど」

「ははーん、ネコだな。サリは」

「ネコ？」

「ネコ被ってるよ。こんなので満足する感じじゃなくない？　彼女」

サリルはどきっとした。

「えー、そっかなあ。はは……」

「だってだって学校でも舞台と同じににっこりして、運動もできて、演技は一流、でしょ。卒業したら雲の上のヒトじゃない？　あたしだったら多分、やってけないよ」

「そうだよね」

だから彼女があなるのも、無理はない。サリルもジョナをそう受け止めていることに気付いた。

だからサリルは、まだ開演前の薄暗い舞台上をただ眺めると目を細めるのだった。

そんなサリルを見たのか、それ以上、ユウミは何も追及せずにいてくれた。

「てかさあ、サリルと会う前に見た売り子がイケメンだったの！　終わったら見せたげるね」

ユウミは、白い歯を見せる。さばさばした彼女の気持ちに励まされ、サリルは癒される。

「ありがとね」

二つの意味で、ユウミにそう言う。私が会った自転車の子には……会わせらんないや。

その時ふと、サリルの隣に十歳にも満たないくらいの小さな女の子が座っているのを見た。

その子は浅黒い肌に赤いワンピースを着ていて、まだあどけない顔だ。

席の片側半分に小さく縮こまって座っている。その隣は母親だろうか。

「ルゥコ、おとなしくなさいよ」

ルゥコと言われた女の子は、床につかない足を正すと、母親に言われたままにうなづく。

その真っ黒く長い髪はくせが強く、一生懸命束ねたのだろうがまとまらず、毛が回って跳ねるのを無理やり梳（す）いた跡があった。何かがうずく。あー、ここもここも、できたらな。そう感じるが、歓声と拍手にそのむずがゆい気持ちは断たれた。

すでに演劇部の司会がスポットライトの下に現れ、挨拶を始めた。

「皆さま、本日はお集まりいただきありがとうございます。これより古演目『やがてはるけき碧き空』を演劇部がアレンジした演目を始めます。

『やがて遥かなるブルー』ぜひお楽しみください」

司会がライトから外れて退くと、舞台は真っ暗になった。

静寂が劇場を包み、それからスポットライトが舞台の中央を照らし出す。そこには三人の演者が緊張した面持ちで立っている。そのうち一人の男子の額から汗が光り、その彼の、やけに間延びした声が会場に響いた。

「そっ空のはるか、雲を突き抜けて、地平線を見通しぃ星が一斉に瞬き出す宇宙の奥で」

となりでユウミが吹き出す。

「止めなよ、ユウミ」

「ゴメン、正直……っ、マジ……くくっ」

サリルは屈みこむユウミに言った。ある程度無視しないと、こちらもつられる。次は棒読みの少年の声だ。

「きみと、ぼくは遠くにいる。離れている。影さえ見えず触れ合うことすらままならない」

次はよい子な感じの、やけに感情のこもった少女の声。

「けれどぼくらは、歌を聴く。勇気と夢と愛のものがたりをつむぐために」

三人が声を合わせた。

「ああ、ぼくらは迷わない。例え明日が失望に満ち、毎日が暗闇に支配されようとも。ああ、ぼくらは旅に出る。この限られし一生に、秘された意味に出会うため」

ぱっと大きなスポットライトが、ジョナを照らし出すと、観客のため息が漏れる。

彼女の姿が圧倒的に観客の視線を支配し、そして声が、パラついていた三人の声に重なる。

「ああ、わたしも歩き出そう。この小さくとも美しい、宝石のような人生を印そう。やがてすべてが意味を持つまで。愛と真実が、一つになるまで」

その時には、既に見事で豊かな、声のシンフォニーが完成していた。

完全に演じる場所を間違えたかのような、優美な姿でジョナは、声を出した。

「きっと心には、力があるはずだわ。自分も、世界も、変えてしまうほどに」

ジョナの張りのある声が静寂の中に響き渡る。伝統的なこの台詞で、劇は始まるのだ。中身は、よくある悲恋の話だ。よくあるというのは、この話を基本にして今に至るまで、たくさんの物語が作られたからだ。粗製乱造と言ってもいいほど消費されたストーリーで、よく演劇部の生徒たちの感覚による付け足しやアレンジの題材になっている。

――遠い昔、空に浮く街があった。

そこに、かつて善良でありながらも裏切られ、信じることを忘れた男がいた。

その彼の前に、心に力はあると語る、美しい天使が現れる。誰も信じられない彼はあくどい手段で彼女を試すが、どれも失敗し、そのうちまっすぐな彼女の心に惹かれていく。

しかし二人の前に人間たちが現れると、狩りと称して天使は射貫かれ、傷を負ってしまう。男は彼女のために傷の特効薬を得ようとし、天空の街から降りる。

だが旅の途中で夜盗に襲われ人をかばった彼は、天使の眠るベッドの前で死んでしまう。

天使は薬によって生き返り、悲劇を知ってすぐに横たわる男を抱きしめた。そのとき天使の涙は物質化し、彼女が天に還ると、男の亡骸の上には紺碧の宝石が散らばっていた。

人々は大いに痛み、野蛮な人間との繋がりを避けた。

その天使の涙を守るため、天空の街は人のいない場所へ動き、そこへ降りたという。


一連の劇が終幕に近づくと、サリルは仕事のために戻らなければならなかった。

ユウミに耳打ちして、舞台袖へと出ていく時、不意に会場の人々の顔を見た。感動している人は多く、退屈そうに過ごす人や居眠りもいない。今日も成功と言っていいだろう。この舞台を作った人の中に、自分が確かにいたのだ。

物語は、ジョナ演じる天使が、死した彼の墓に立つ場面となった。

「ああ、アクル。私は、あなたに心を伝えたばかりに、あなたを困らせた。死なせてしまったと思っていた。けれど、そうじゃなかった。……この涙は。貴方の心を証すため遣わされた涙。そして貴方が私を信じてくれた心、そのものだった」

スポットライトの真っ白な光が、頬から涙を流すジョナを包む。

「天使は光に囲まれて、天に還ってゆきました。それは天使の流した涙で、心をいつも証明してくれる石なのです。こうして皆さんが一人ひとり持っている石『ルスコゴルス・ティアード』が生まれました。時は流れ今も十三の誕生日を迎える時、思い思いのアクセサリーを作って持ち歩きます。それは、この天使の涙を忘れないよう、この街で私たちが善く生きる証なのです」

ナレーターのやぼったい説明が終わる。最後まで低い完成度をジョナの力が底上げし、劇は終幕した。

だが、そこにサリルはいなかった。終了後のメイクスタジオで主役を待つためだ。

「お疲れ様！　今日もすごかったよ！」

ジョナは何も言わず、細く長い息をしながらスカートを舞わせて席に着いた。

「ねえ」

ジョナがまた、鏡越しにサリルを見る。その視線を移さないまま、言った。

「自由になりたいって思ったことない？」

「自由？」

「ええ。こんな小さな街から飛び出して、なんのしがらみも付き合いもない場所に行って」

そんなことを言われて、サリルは驚いた。だが手を休めずに、答えようとする。

「思ったことはあるよ。ここに住む人みんな、考えない人はいないんじゃないかな。……そうだ、母さんが言ってたの。別に今の暮らしでいいと思えてくるって。外が怖いからとかそういうんじゃなくて。今の居場所が幸せって、とてもいいことと思うって」

「他人（ひと）じゃない。あなたのことを聞いてるの」

ジョナは、サリルを見た。また刺すような目だった。

「その。私は、慣れていくんだろうと思う。ほかの人と、同じように」

サリルのしゃべりすぎた舌が乾く。

沈黙にジョナは何か……遠くを見るような目で言った。

「いい子よね。サリルって。私は、今の自分も、世界も。好きじゃないから」

指とこすれる音すらもせず、ジョナのブロンドがサリルの指を通り、流れた。何だかまるで、とげとげしく、しかし美しいガラス細工のように、サリルには見えた。

「私にならら、何でも言っていいんだよ。……私じゃダメかも、しれないけど」

ジョナは片頬だけを上げて、それから口をつぐんで黙っていた。

サリルはジョナと別れ、裏の通用口から出てユウミを探す。たくさんの人の声を聞きながら。

「えー、ヒーロー出てこないの！　やだー！」

と言って母親にぐずる男の子を通り過ぎると、雑踏の中にユウミが立っていた。

「サリ！……あーあーあー。ジョナに泣かされたよう。サリ」

という、ユウミの顔はしわくちゃで、強い圧で、サリルの目前に迫った。

涙を流すユウミの頭をなでるサリルは、去っていく劇場の夜に映える照明を見た。

「やっぱりすごいよね、ジョナって」

サリルの言葉に興奮冷めやらぬユウミは、サリルの肩を叩きながら思い出話を始めている。サリルも言葉を返しながら自転車を引き、出口へ向かって歩いていく。

「あの場面のすげーメイクとか！　はは。序盤の豆売りの子もかわいかったよねえ！」

なんてはしゃぐ姿を見ると、ユウミの自由さに触れたような気分になってきた。

「あの子、私がこないだ髪を切ったんだよ」

などと少し自慢をしてしまうと、

「すっごいじゃん、サリ」

と褒められ、こそばゆい気持ちになったサリルは満足し、笑顔のユウミと共に劇場を出た。

「そういやさ、ユウミ。隣に小さい女の子いたじゃない？」

「あ。あの子ね。すんごい巻き毛で、元気なくてさ。人形みたい。お母さんがすげーウザそうに絡むの！　感動しなさいとかさ。ほんと窮屈そうで」

「そっか」

サリルは門の向こう側にある空を見ながら、風に吹かれた。

「髪切ってあげたら、喜んでくれるかな」

「絶対そうだよ！　今度学校行きがてら、見つけたら言うよ」

それから二人は噴水のある公園に着き、そこにある大きな岩の上に座って他愛のない話をした。

「明日が来るね」

「来るねー。今日は超楽しかった。やっぱ二人で来たほうが良かったのかなあ」

「もー。さっき来ない人に怒ってたくせにさ」

「よく考えたら、サリとの間に水差す奴、入れたくねーわ」

「ありがと。ま、誰にも開かれてないからいいっか」

「いいよ」

頭上には夜空が広がる。砂漠の中心にあるこの街なら見える星座はたくさんありそうだが、意外にも星は少ない。彼女は、いや街の人々は、普段から虹を超えた先の空を見ることを許されていないのだ。

ユウミは寝転びながら、自分の持っている石のアクセサリーを手の平に包んでみた。

「やっぱり光らないや」

「昔の言い伝えでしょ。私、十三歳でこれもらってから、光ったことなんてないもん」

サリルはそうやって答えた。この石には怪しい伝説があり、それはかつて、先ほどと同じ演劇の終盤で、観衆の持つ石が突然光り出し数々の奇跡を起こしたというものだ。

とはいえ実際に起こらないから、もう誰も信じてはいない。

「そっか……」

と答えるユウミを見て、サリルも自分のへアブローチを見た。

十三の時みんなと同じように、工房を体験学習した時にデザインを描いた。あの時は『鳥』という、この街にいない生き物に憧れていたから、地面を走るニワトリでもなく、自由に空を飛べる翼をどうしても付けたくて悩んで、書いては消しを繰り返した。

そのうち時間が無くなって、自分だけ取り残されて慌てて職人に紙を提出した。

数週間後、ガラスの箱に座ったへアブローチはきれいで、目を丸くしたのを覚えている。

でも、光ったことは一度もなかった。サリルはいつの間に時計に視線を移していた。

「そういえばもうこんな時間」

ユウミも背伸びして岩から降り、公園の駐輪場に進んだ。

「月曜に。学校でね。勉強頑張って！」

「うん。……じゃあお休み！」

サリルは帰っていくユウミの自転車に手を振った。サリルももう家路へと向かわなければならない。

まるで夢から覚めきれないようにふと、真上に伸びたビルの間から見える虹空を見ていた。

……その時、一瞬、何かの影がビルとビルの間をよぎるのが見えた。

「えっ」

猫？　いや、それよりはかなり大きい。

影が着地したと思しきビルの屋上から、男たちの騒がしい声が聞こえてくる。

「取り押さえろ！」

サリルがたじろいでいると、影がまたネコのように飛び出して空を横切った。

影はビルの壁面に付き、跳んで反対の壁面へ、また反対の壁面へとジグザグの線を描いて地面に落ちた。凄まじい粉塵が上がる。土煙が去ると、立膝を衝いた影は立ちあがる。

地面には亀裂が走っていた。影は鋼鉄のような重さを持っている。

「官憲だ！　確保する！」

サリルの前に数人の官憲が現れた。彼らは集団で間髪入れずに影へと襲いかかっていく。

「おとなしくしろ！」

だが官憲の一人はあっさりと投げ飛ばされ、ごみ箱に顔を突っ込んだまま動かなくなった。

「ちょっと！」

サリルが言ううち、官憲たちは手の平を影にかざして、こう言った。

「ならば、こちらも容赦しないぞ！」

その緊迫した声は、聞き覚えのある男のものだった。

影は再び壁に取り付き、壁面を破壊しながら登って跳ぶ。重いはずの体が軽々と動き、鞭のようにしなる足が官憲の頭を捉えて倒す。頑強な拳が、屈強な男を一撃で気絶させる。

「術を使え！」

突然サリルの前に、まばゆい閃光がいくつか走り、路地裏の影はフラッシュを浴びて光る。

「わっ」

あおりを受けたサリルが吹き飛ばされた時、自転車は、派手に転がって倒れていた。

体を起こすと、影は舞う砂と街灯の光にまかれて、黒い輪郭だけを浮き上がらせている。

どうやら、こちらを見ていたようだ。そしてサリルのもとへ歩いてくる。

「え……？」

その視線は、サリルの胸ポケットにあるようだ。手のひらでポケットの中のブローチを抑えたが、青い光が漏れ出てくるのが分かる。なぜか……煌々(こうこう)と光っているのだ。

「石を見せるな！　被害者保護のため、雷(エレ)の術を使う！」

今度は目を焼くような光が走り、またしてもサリルは吹き飛ばされ悲鳴を上げた。

だが気が付くと、自分は抱き止められ、たくましい腕の温かさを感じていた。

思わず、サリルの細い手がその腕にしがみつく。

「サリルか？」

真上を見た瞬間、顔を赤くした。ブラウンの目が、街灯の光に透き通っていた。

くっきりとした目鼻立ち。彼は紺のローブに身を包んで、こちらをのぞき込んでいた。

「よかった。石は奪われてないみたいだ」

青年は、サリルの頭を触るようなしぐさをする。彼の片手首には金の腕輪が付いていて、その輪にも紺碧の石が埋めこまれていた。

「トッシュ君……！」

思わず両腕を彼の胸に突いて離れ、サリルは座り、顔を伏せた。

「あっ。そういえば……」

サリルは、胸ポケットの石が既に光を失っているのに気づく。

トッシュは今まさにビルの上を跳んで逃げていった影とビルの壁面に付けられた破壊の痕を悔しげに見るばかりだ。彼は向き直り、先輩の官憲たちに伝える。

「こちらの方の保護は私が」

「すぐに戻れよ。今日で確保したいし、これ以上の被害は賢者様の耳にも入れたくない」

「い、いいよいいよ！　トッシュ君は追いかけて！　私は大丈夫だから」

慌てて言うも、トッシュは離れてくれない。官憲たちは二人を残して皆走っていった。

「下手な嘘つくんじゃない。手が震えてる」

と、手指をそっと握られたサリルはすぐに自分の胸に手を引いた。

「ほ、ほんとに大丈夫だから！」

「……ああ悪い、そういう意味で掴んだんじゃないんだ」

じゃあ、どう言う意味？と言いたくなる口を止めた。

「一体何の騒ぎなの？」

「街をにぎわせているお尋ね者のよそ者らしい。そんなかわいい名前で収まらないけど」

「そんな人いるわけないでしょ。だってこの丸い街の外は砂漠じゃない。来られるわけない」

「もちろんこの街の人間だろうさ。けど、捕まえてみないと分からない」

そしてごく自然に肩を貸されそうになり、サリルはまた彼の胸に手を突く。

「自分で、立つよ」

思いのほか強くやってしまい、自分でも驚いてしまって。

「ごめん」

と、トッシュもさすがに申し訳なさそうに顔を伏せた。

「ケガしてると思ったからさ」

「いいの、心配。……いらないよ」

「そりゃよかった。もし時間があればこのあと……」

「えっ。なに？」

「実況見分に立ち会ってもらえないか」

トッシュは真顔で何のためらいもなかった。

ああ。そりゃあ、そうか。何期待してんだろ。と、サリルは息を戻す。

「……いや、こっちもそんな余裕なくて。明日朝、学校だし」

「そっか。巻き込んですまない。何せ大きなけががないのが奇跡みたいなものでさ」

数分前の出来事を生々しく思い出したサリルは、つぶやいていた。

「……怖かった」

「俺たちが何とかできればいいんだけど。今回は手ごわい」

「大丈夫だよ。おかげで助けてもらったし。……早く捕まるといいね」

「ああ。ありがとう。それと、あの自転車だけど」

「うん。あ！　自転車！」

「明日にでも補償に来るから。事故扱いで全額出ると思う」

「どうしよう、学校とか、市場とか……行けなくなる」

「俺のを貸そうか。交番近いし。あれですぐに着けるさ」

「いいの？　ありがとう！……でも明日だったら夕方になるよ？」

「ああ。書置きも残すし、自転車も使ってくれ」

交番で真っ黒く頑丈な自転車を受け取ると、トッシュが突然口を開いた。

「そういえば」

「なに？」

「サリルの髪飾り、きれいだよな。この騒ぎで身に付けられないなんて、残念だ」

ふとさわやかな笑顔で、サリルの顔が熱くなるのを感じた。

「じゃあな」

トッシュは夕陽に照らされた道を走りすでに背を向け、仲間の下へと急いで走っていた。

「えっ、その」

ありがとう、という声は、聞かせずじまいで彼を見送る。

突然すぎるよ。

何のてらいもないトッシュに、サリルはいつも困っている。気持ちも言葉も、準備ができないときにそんな事を言われても、と思う。だが、そんな悩ましい時も腕時計を見て終わった。

「いっけない！　もうこんな時間」

思わず声が出て、それから一踏みするも、サリルはふらついて地面に足を衝いた。

「って、ぺっダルおっ……も」

ひと漕ぎするごとにぶつぶつ言って、やっとのことで加速して。サリルは家を目指す。

「いったい、ぜんたい、どういう、ワケよ……」

重いペダルを踏んで自宅の前に着くと、レストランはまだ煌々と明かりを灯していた。

中から聞こえる声には耳も貸さず、サリルは細い階段を上がっていく。

「……はい、ただいま」

「あら、サリル。戻ったの？」

母の声に、サリルは生返事をするのみだった。

「うん。また飲み屋やってるの？」

「そうなの。そういえば、何か今日若い官憲さんが来てたけどさ。ここらで建物を跳ぶ男を見なかったかって」

「ああ、それ見たよ……」

「見た！　どんなのだった？……あなた、ケガしてない？　何か壊れたりしてない？」

一気に心配そうな顔と声になる母親に、サリルは笑って答える。

「大丈夫だよ。けど自転車ダメになっちゃってさ。あ、でも補償されるんだって」

「そうなの……お金はいいけど、大事にしてたからしんどいわね。お話聞きたいけど……」

「仕事でしょ。いいよ。明日官憲さん来るからその時で」

「いいのね？　じゃあ、母さん頑張るから。今日はゆっくり寝るのよ」

「そうする。官憲なんてびっくりしたよね」

「そうそう！　お役所の注意かと思っちゃったよ。マジで。怖かった。あははは」

と言い、酒が入ってママさん状態の母は、表へと戻っていく。

漏れて聞こえてくる客の声は、ほとんどが酔っ払ったおじさんだった。レストランが軌道に乗らなかった時に始めた居酒屋は、今では母の癒しになっている。それはよかったが、サリルは正直、母のする、こういうことに慣れてはいない。

「母さんったら」

階段を上がり、ドアの前で、『トワル家』と書かれた表札にサリルは言った。

「あーあ。あっついなあ。今日は」

わざとらしく言い、スニーカーを脱ぎ部屋の窓を開け、少し小高いここから路地を眺めた。

そこには、やはり官憲たちがちらほら歩いている姿が見える。あの影のようなお尋ね者を探す者たちなのだろう。あの中に、トッシュはいるのだろうか。

やっぱり友達と一緒じゃないとサリルは落ち着かなくて、布団に潜り込むと無理やりに目を閉じた。


疲れ切った夜から目覚めたサリルは、壁にかけられたガラスの時計を見るなり驚いた。

「十一時ぃ……？」

バイトは十二時からだ。完全に午前を無駄にした後悔がひしひしと胸に迫る。

母親の姿はすでになく、昨日ここに帰って寝たのかすら分からない。

お使い、家の掃除、市場にでて食材探し、いろいろあったはずだが何一つできていない。自分も母も厨房に行けばもう夜まで戻ることはないだろう。

「急がなきゃ」

家に据え付けられた冷蔵庫を開けて卵と豆腐と納豆を取り出して混ぜてかきこむと、ゴムでポニーテールを作って寝ぐせを直し、急いでドアを開いて階段を下りた。

「サリル、入ります！」

「お疲れ様でーす」

昼前にもかかわらず、厨房には順当に注文が来ているようだ。

ただ、厨房に嵐を起こす料理長はおらず、心なしか皆リラックスしているように見えた。

「サリー、起きたのね」

炒め物を皿に盛ったタイミングで、母、クリシャが声をかけてきた。

「寝れたけど……母さん。昨日ちゃんと寝た？」

「大丈夫よ。あなたはどうなの？」

母の体からは深酒の匂いがする。きっと朝方まで突っ伏していたのだろう。

「起きられなかったのを後悔してる」

「昨日はいろいろあったんだし、休むべきよ。今日も休んでいいし」

「そんな自分勝手。できるわけないじゃん。皆働いてお金貰ってるんだよ？」

「あんたはそれでいいのよ」

「よくないよ。そんな気遣い……」

「店長！　揚げ出し豆腐定食と羊肉のデミソースがけ！」

「はいよ。だったらサリル。私のことより働いて。あんたがそう言うなら」

サリルはため息をつき、厨房から来る声に従う。

フロアに向かうと客の注文を笑顔で聞き取り、厨房を往復して仕事をこなす。

夕方前の四時に入るころには、ゆっくり店先に立てるほどの客入りになった。

「ルノアさん。お疲れ様です。母さんは？」

「店長なら仕入れよ。業者向けの食材売り場にね。お客もいないしチャンスだってさ」

ルノアはこちらに目を合わせて気遣ってくれた。

「……また母さんに頑張らせちゃった」

「確かに、店長は突然が多いもんね」

「その場その場で変えるの。皆、ついていくの大変じゃないかって心配で」

「私たちは気にしてない。クリシャさんが入ってくれるのはうれしいし。それにサリーちゃんは周りをよく気遣える子だしさ」

「ありがとう……でも、別に母さんを思いやってるわけじゃない。の……かも」

「そんなことないわよ。サリーちゃんはよくやってる。気楽にやろうよ」

サリルはその言葉に背中を押され、うなづくと同時にネスタもここに来た。

「せっかくこの三人で入ったんだからさ。ネスタちゃん、いつぶりか分かる？」

「うーん……わたし忘れっぽいじゃないですか？　だからもういつかも分かんないです」

「大体、料理長が決めちゃうから全然当たらないのよね」

「まあ今日はあの人、非番ですから、ひばん」

ネスタの少しうんざりした声に、サリルは違う話題をかぶせた。

「ルノアさん、新婚生活どうですか？」

「うーん、こないだまた旦那とケンカしちゃってさ」

ネスタが驚いた声で言う。

「えーっ？　てっきりもう幸せなのかと思ってた」

「関係ない関係ない。ケンカなんてもうしょっちゅう起こるもんでさ。今更よ」

ネスタが、真っ白な布巾を水に流し、両手で絞りつつルノアを見る。

「そっかあ」

「ネスタちゃんもサリーちゃんも十六とかそのくらいだよね。あー、いいね若いってさ」

「わたしずっと一人だったじゃないですかあ。でも彼氏はー、ほんと優しくて。『ネスタがいなきゃ俺はいないよ』って言ってくれてー。もう全部受け止めたいなって」

「そりゃあ、パワー百倍って感じね」

「はいっ」

ネスタは目を閉じながら布巾をぐっと絞ると、大量の水がしたたり落ちた。

「サリー先輩、テーブル拭いてきますね」

ネスタに言われて、サリルは笑みを浮かべ、ルノアと目を合わせた。

彼女は大きな鍋になみなみと注がれている透き通った水が、沸騰するまで待っていた。

「ゴメンね、ルノアさん」

「えー、なになに？　いきなり」

ルノアは驚いて目を丸くし、振りかえってサリルを見た。

「ネスタちゃん、喜ぶと周りが見えなくなっちゃうから、すごく心配」

「まさか、気悪くなんてしないわよ。私もあんな頃あったから懐かしくって楽しいわ」

「そっか」

「サリーちゃんは彼氏いるの？」

いきなりそんなことを言われて、サリルは慌ててしまった。

「いや、誰もいないし、今はそんなことしてる場合じゃないっていうか」

「そっかー。いろいろ決めなきゃいけない時期だもんね。やっぱ真面目だなあ」

「母さんが自分勝手だから。私こうなっちゃったのかも」

思わず、愚痴っぽいことを言ってしまった自分に驚き、サリルは口を閉めた。

「いいんじゃない？　家族ってそんなもんでしょ。特別な関係って幻想だって思うし」

「幻想？」

「うん。ファンタジーは終わる。だんだん何もかもごく普通だって、当たり前になるのが普通でさ。そうなると最近、ぶつかるってことも普通だなって感じるの。だからね。……意外と、生活楽しんじゃってんだ。私。そんなに悪くないって。それ言い忘れた」

サリルはそう言って笑うルノアに微笑み返した。何か、安心したのだ。

「仕事続けてくれて、ありがとう」

「そりゃ、店長とサリーちゃんが好きだからね。若いのに背負ってくれて、こうやって周り見てくれてるじゃん。偉いよ」

ルノアはスープを温めていた放熱機の電源を切ると、サリルに振り向く。

「だから、皆に気を使いすぎるための勇気なんてない方がいいんだから」

サリルが次の言葉を言おうとした時、ネスタが現れた。

「親子連れ二名様が来店です！」

ネスタの声に、サリルは反射的にはーい、と答えた。

「あ……」

思わずそんな声が出た。二名の家族って、昨日劇場で見かけたあの。確か名前は……。

「ルゥコ。いたずらしないで座ってなさい」

そう、ルゥコだ。高そうな服に、櫛を押し当てたくせ毛の長髪をまじまじと見てしまう。

「……メニューを頂けるかしら」

ルゥコの母は、動きが鈍いサリルに少し不満げだ。サリルは大変失礼しましたと言って昼の品書きを見せる。ルゥコはいろいろと目移りし、料理を決めかねているように見えた。

「ちゃんと決めなさい」

促されて、ルゥコは結局お子様ランチを指さした。

「羊肉といろどり野菜の冷製パスタ。お子様ランチを一つずつ。下さる？」

「はい。かしこまりました。お待ちくださいませ」

思わずルゥコを見て微笑んでいた自分に気付き、厨房に戻って品を伝える。

「私、カウンターに出張っててていいかな」

はーい。とネスタが厨房に戻るのを見届け、サリルは客席の見える場所に立ってみた。

母はルゥコの髪を指ですき、ため息をついている。

サリルは自然に、自分が二本の指を開いたり閉じたりしていることに気付く。

「……ちょっと、こっちに来て！」

サリルははっとする。ルゥコの母親がこちらへ強く手招きしてきて、サリルは急いだ。

「はい、すみません」

「ぼーっとしてないで頂戴（ちょうだい）。この子が水をこぼしちゃったの。拭いてくださる？」

「はい、ただいま。申し訳ありません」

確かに、水は派手にこぼれていた。ルゥコは申し訳なさそうに縮こまって、下を向いている。

「大丈夫ですよ、心配しないで」

サリルがそれを拭き、励ますように言うが、ルゥコはうつむいたままだ。

そこでサリルは厨房に戻り、ちょうど出来上がった料理を持って行く。

「ご注文のお品を持って参りました」

「ううん。おいしいそうだわねえ。あなたアルバイト？」

サリルが呼び止められる。

ニンニクのかぐわしい匂いに母親の機嫌も少し戻ったようだ。

「はい。ここは母がやっているレストランなので」

「そうなの。大変ねえ、ここ評判でしょある程度」

「ありがとうございます。楽しく働いていています」

「そうなの。旦那から隠したお金でちょっと贅沢でもしようかなって思ったのよ。この子も内気なものでね。自分の言葉を話さないから」

「いえいえ。お嬢様、かわいいですよ」

「くせ毛が気になるのよ、ほんとにねぇ、何とかならないかしら」

「それは……」

「それは何？」

「全体を軽くして、流れに任せてまとめると、変わるんじゃないかって」

「あなた、髪のことも分かるの？」

「学生ですけど、その、舞台のヘアメイクをやっていたりするので、つい」

ルゥコがまた不安そうな顔でサリルを見た時、彼女は安心感を与えるように微笑んだ。

「へぇそうなの。ルゥコ。早く食べてしまいなさい」

そう母に促されて、ルゥコは少しずつ皿の上に載っているものを食べていった。

ネスタとルゥコの母が会計を済ます間、ルゥコはぶらぶらと落ち着かなそうに両手を振っていた。

サリルは屈んで目線を下げ、ルゥコに黄色い券を渡した。

「これ、あげるね。今度来た時にくれたら、サービスできるから」

ルゥコはまばたきして、券を受け取る。

「あら、お得になるのね。助かるわあ。……もらっときなさい」

ルゥコの母はそう言いつつ、ルゥコに券を持っておくように促し、扉の向こうへと歩く。

サリルも後ろから付いていき、扉を閉めるとありがとうございました、と謝辞を述べた。

この親子が今来てくれてよかったと思う。たくさんの人で賑わう時にはできないことができた。

「ちゃんと前を向いて歩かなきゃダメよ」

母は最後までルゥコを叱って歩き、すぐ先にある曲がり角の向こうへと進んでいく。

にこりと笑って手を振ってみる。

ルゥコは初めて、サリルに手を振り返してくれた。とても小さいけれど、手の平は確かに見えた。


サリルが店に戻って二時間ほどたつと、すっかりスタッフが増え、客足も増えた。

突然、窓を見たネスタが驚いた顔をしはじめ、サリルを呼び止める。

「先輩。見てください。……あの量、ちゃんとさばけるんですかね」

「え？」

サリルが驚く声にかぶせて、戸が開く音がした。

「ただいま！」

視線の先には、引き車にどっさりと食材を詰めた母が、汗だくで裏口に立っていた。

「チャンスよ！　今月のお給料は期待してて」

「まさか格安で野菜を入れたの？」

突っ込むルノアにうなづくクリシャは満面の笑顔で答えながら椅子に座り、本を胸に当てた。

「そうよルノア。八百屋のポビさんが無理してくれてね。あんた新婚なんだからちゃんと稼げるとこを旦那に見せてやんなきゃ。……あと、今日は料理長が夜に来るから」

ネスタがやけに低い口調で言う。

「ああ、シフト表にないけど、来られるんですね。……シフト表にないけど」

「うん。安い野菜を入れたし、今日はできる人がもっと来ないとしんどいかなって」

サリルは、自分でも思いもよらないほど自然に、その会話へ割って入った。

「店長。何でもかんでも思いつきでやっていいと思ってるの？」

「あ、あはは、サリーちゃん、ちょっとぶっこみ過……」

「お店のシフトも考えてよ。それにこんな仕入れ方、かえって儲からない」

母はかぶりを振って、娘の言葉を否定した。

「何でって、今のままじゃ食材も人の数も間に合わないからに決まってるじゃない」

「でも今日のメンバーは……」

そこに野太い女の声が乗る。ブノーが、サリルに威圧的な雰囲気を出して答えた。

「店長に頼まれてきたんだ。何か悪いのかい」

ルノアもネスタも、こうなると手を止めてはいられない。

淡々と料理を運んでは持っていく寡黙なウェイターだけが、何にも左右されずに働いていて、渦中の人間を置き去りにし、話の流れも時計の針も、進めていくかのようだ。

「……全く、こっちは腕を買われてるんだ。店長の娘なら気を使ってくれないとねえ」

サリルは口をつぐみ、それ以上は何も言わずに仕事に戻る。

その時全く同じ裏口から、扉をノックする音が聞こえた。

「二区交番。官憲のトッシュです。補償について、サリルさんに用があって参りました」

サリルの最悪に、陽が射した。サリルは慌てて戸口に立つと、トッシュを見つめた。

「もしかして自転車？」

「ああ。俺の返してもらおうと思ってさ。審査書類も通ったから、表を見てくれ」

職場を抜けて、戸を閉めたサリルの目の前には、新品の自転車がある。

「上と結構かけ合って、前のやつと同じものを調達しておいたよ。本当に申し訳なかった」

「いいよ。ありがとう」

「署長……もとい賢者様の耳にも入ってるから。けど正直、被害を収められる自信ないけどな」

「そうだよね」

「……サリル、お前元気ないぜ？　ま、元気の出づらい話題だから仕方ないのか」

サリルはうつむいていた自分に今気づき、戸口にかけた手を強く握り直した。

「いや、私は大丈夫」

「そうか。でも無理しちゃダメだ。お前そういうタイプって自分で分かってるだろ」

「……うん」

「だったら、ちゃんと正直に話せる誰かがいないとダメだ」

言いたくて仕方がない。けれどどこんなグレーな話は彼にできるわけがない。

サリルは口ごもり、話題を変える。

「それで、何かサインとか必要なの？」

「ああ。この書類の……この部分にしてくれたらそれでいいから」

手渡された黒いガラスのペンでサリルが自分の名前を書く。

「奴の出どころはまだ掴めてない。今から夜になるけど、できるだけ外に出ないでな」

「うん。トッシュ君も気を付けて」

「ありがとう。でも、俺はそういう仕事だから、気を付けてって言われてもな」

「人間なんだよ。……怪我したら、血が出るんだからね」

「肝に銘じとくよ。君も大変だな、お店。皆、受験とか自分のことで忙しいのに」

「ううん。そんなことないよ」

サリルは一言だけ言い、下を向く。

「お店があるから、またね」

サリルは、トッシュの背中を見届けずに扉を閉じると、扉に背中を付けてつぶやく。

「君とかお前とかって……使い分けないでよ」


厨房の中に入り、ウェイトレスとして、まだ時間だけ働かなければならないと思った。

母は料理長の言いなりになっている。給料として貰えるお小遣いは自分の働き以下だったこともしばしばで、つまりサリルにしわ寄せがいかなければ帳尻が合わない時も多い。

「サリー、こっちに来て」

そう言われるまま厨房に立つと、母は言いづらそうにこう言った。

「ちょっと今日は、これで終わりにしなさい。あんたの好きな焼肉、持ってくから」

「ネスタちゃんとルノアさんがいるの。特別扱いしないでよ」

「大丈夫だって。私も入るし、もう皆に言ってある」

「またそれ？　休んでないでしょ母さん」

「私と料理長でなんとかするから。気持ちが落ち着かないでしょ」

「そうしたのは誰よ」

「ゴメン。私もいっぱいいっぱいで考えられなかったのよ。料理長のことは」

「別にそれだけじゃない。働く時間が公平にならない。役所になんて言って通すの。他でもない母さんが働きすぎで、朝になっても店の机で酔い潰れてるのに」

「それは……あんたのためよ」

「いつもそれよね」

「それ以外に、何が言えるっていうの」

「……言えるよ！」

サリルは短く答えたきり、吐き出すべき言葉も、それ以上口にすべきでない言葉もすべて腹に流し込んで扉を開き、ロッカーにエプロンを捨てた。

階段を上り古くさび付いた柵を押し開けると、そこは屋上だ。

サリルは、途方に暮れたように歩き出すと、その一角で足を止めた。ここからは中央区のビル街が見渡せる、その地上の星たちが輝く場所だった。空には夜も虹の粉がかかり、オパール色に覆われている。まるで蓋をしたかのようだった。それでも良いから、サリルはここに来てしまった。トッシュの言いつけを守らずに。

「戻らなきゃいけないのに」

条件反射で行動したことを悔いた。けれどぼーっと外を眺めれば、何もかもを忘れられる気もした。それこそこのまま空に浮かび、この地上から離れられるような思いを感じたこともあった。かつてこのオノコロの街は雲の上に浮いたという。一体どんな景色だったんだろう。手の平に納めた翼のへアプローチが、地上の星たちの光に照らされている。

その時、一つの影が走って思わず顔を伏せた。

突風にサリルの体は震え、顔を上げると人が立っている。その輪郭だけを、街の光が描き出していた。

「あっ……」

サリルは驚いてしりもちをつく。そこから逃げようと思ったが、力が抜けて踏ん張れない。

トッシュ君。その名を呼んでも、今彼はここにいない。

影がこちらに歩き、こちらへと手を伸ばしてきた。ブローチを掴もうとしているのか……思わずサリルは、手の平にある翼と石を胸に抱きしめた。

「お巡りさん、こっちです！」

男の声と共に、後ろから閃光が走り、眩しさに目をつぶる。

『お前はもう逃げられないぞ！』

隣のビルの屋上から、管理人と彼に先導されて来た官憲が叫んでいる。

サリルの周囲、今彼女のいるビルの周辺からも音が聞こえ、サリルの視線は定まらない。

隠れるか手を上げ、自分の存在を知らせないと……だが未だ、体に力が入らず、踏ん張ることもできずにいる。


「『雷（エレ）』の術を使う」

お構いなしに、業を煮やした官憲の電撃が辺りを照らし出し、鼓膜をはじくような音が辺りに響いた。サリルは悲鳴を上げ、閃光と激しい音にうずくまるしかなかった。

……え。

体は何ともない。サリルがようやく顔を上げる。

私を、守った……？

恐るべき影は今、街の光に照らされていた。

そしてその顔は、緑色の眼をした白肌の少年だった。

「ええ!?」

サリルが腕の力だけで逃げようとすると少年は首を少し傾げ、サリルをのぞき込んだ。

「何であなたなのっ？」

少年は首を傾げ、驚いた風にきょろきょろ辺りを見回した。何だか小動物のような動きだ。

「何で、こんなことするの？」

サリルの声は困惑に満ちて、少年の表情は驚きに満ちていて、彼は首を横に振った。

そんな感情表現しかできない彼をサリルもそれ以上理解できずに、顔をうつむかせる。

「ひどいよ……」

すると少年は急にサリルの手を掴み、恐るべき力で引っ張りにかかろうとしたため、サリルは思わず声を上げた。その途端、彼女の手は離され、またしりもちをついた。

「私、自転車じゃない。自分で立てるよ……！」

と言ったが、腰が抜けているのだ。手を踏ん張っても自分の体が持ち上がらない。

「女の子が襲われてるぞ！」

官憲たちの声が緊迫の度合いを増す。

「ち、違う！　そうじゃないわ」

叫んだが、緊張した相手もこちらの声を勘違いしたかのようだ。

官憲ははしごのような器具を使い、こちらのビルに橋を架けようとする。

「今、助けるぞ！」

地上七階の足場の悪い状況下で一歩を踏み出した官憲は、風が吹く中を一歩ずつ近づいてくる。

サリルは、首を横に振った。

「来ないで！　私は大丈夫！」

その瞬間、風によってはしごはあおられ、焦って大股になった官憲は真っ逆さまに落ちた。

「彼を助けて！」

サリルは思わず、そう言って指をさした。

少年はサリルの顔を見ると、自分もビルの谷間へ真っ逆さまに落ちていく。

サリルは這って追いかけ、やっとビルのへりに腕をかけて下を見た。

少年の身体が青い光を一瞬輝かせると、一気に下降して官憲を追い抜いた。

少年は官憲をタイミングよく片手でわし掴みにし、地面直前でビルの壁に飛びつき、一気に壁を走って上っていく。少年は、地上にいる官憲たちが下から撃ちまくる電撃を回避して屋上まで到達する。そのまま振りかぶり官憲を放り投げて屋上に戻すと、自分は壁を蹴り、跳び、はしごを使って空中で一回転して、サリルのいる場所の真横に着地した。

立膝を衝いた彼が二本の足で立つ。

「い、一体、あなた……誰なの？」

仰向けになったサリルは、開いた口もふさがらずに少年を見ているだけだった。

少年はこちらに引っかかったはしごの前に立つと、こぶしを振り上げた。

「やめて！　もう、傷つけないで」

サリルの声に、少年の手は止まる。

階段から、けたたましい足音が近づいてくる。どうすればいいのか分からない。

おそらくそう時間もかからず彼らは階段を伝ってこちらに来てしまうだろう。

サリルは座り込んだまま少年に言う。

「逃げて。早くここから逃げて。殺される」

サリルは少年を見上げて、力を振り絞り、ただそう言った。

少年は首をうつむかせサリルにうなづく。

「ありがとね。助けてくれて。……私、ここにいるから。この場所に、来るから」

なんだか放っておけなかった。サリルは思わず、そう言っていた。

少年は振り返る。だが何も答えることはない。ただ、全力で駆け出し屋上のフェンスを掴んで、
一気に跳び超え夜の闇へと消えていった。

彼が伝っていると思しき建物の軋(きし)む音が響くと、やがて何も聞こえなくなっていった。

「サリル！」

トッシュが来た頃には、サリルはうつぶせに倒れ顔を伏せ、震えているばかりだった。

「起き上がれるか？」

「ごめん、ちょっと……無理かも」

「何かされてないよな？」

「大丈夫。ほんとに、大丈夫だから」

辺りはサイレンが鳴り響き、トッシュの先輩たちが屋上を占拠して、調査を始めていた。

トッシュはサリルに肩を貸し、両腕で支えながら段差に座らせる。

「何もされてない。石も大丈夫。それに彼は……近づいてもない。私が驚いたの。……それだけなの」

サリルはうつむいたまま、その言葉をトッシュに伝えるだけだった。


「今から俺が言う質問に、うなづくだけでいいよ」

聞き取りに対し、彼女は何も話さなかったし、トッシュもさほどの言及はしなかった。何かサリルの中にある深刻なものを、彼も感じている気がした。

「……なら、屋上には上がってたけど、その時には影から離れていて、隣のビルに俺の仲間がいた頃には、隠れてしまっていたということか」

「あいつは私を見つけられなかったと思う。叫んだけど、結局何もしなかったし」

「怖かったな。ごめん。…ありがとう。これで俺の聞き取りも終わりだから」

トッシュは重々しい口調で会話を終わらせると、立ち上がって、虹の夜空を見た。

「この前のことだけどさ。……何でも話せるわけないよな。軽はずみだったよ」

「トッシュ君は悪くなんてない。そんなこと言わないで」

トッシュは微笑むと、誰かが階段を上がって来る音が聞こえ、すぐに扉が開け放たれた。

「サリル！」

母クリシャが泣き顔で走ってきて、すがりつくようにサリルに抱きついた。

「母さん」

「私が追い詰めたせいよ。私、私、おばあになんていったらいいか……」

母はひどく自分を責めているようだ。こんな心でずっといたら、彼女はもたないだろう。

「違うよ。誰も悪くなんかない。だから、謝るのなんてやめてよ」

そう言ってはみた。だが、今作ってしまった胸の内を明かせる人間など、本当は誰一人としていなかった。サリルは行き違ったまま誰にも言えない秘密を抱え込んだ。そうすれば、街の影に消えていったあの少年の行方も、そして真意も、誰にも分からないままにできると思っていた。


「……ねえー。サリ、サリってば」

サリルははっとして、隣を見た。

「あ、大丈夫だよ」

「ウソつくな。今日ヘンだよ。あんた」

ユウミが心配そうに顔をのぞき込み、こちらを見ている。

机から見える窓の外は晴れていて、皆好き勝手に教室での休憩時間を過ごしていた。

あれから一日が経って、今日は月曜日だ。

日曜日は何もせず、というより母から安静にするように言われ、久々の空白の時間を過ごした。部屋の掃除もしなかったけれど、下の階が職場というのも何だか落ち着かなくて、丁度大した病気でもないのに学校を休まされた時の、その場しのぎの気分と同じだった。

「私は普通だよ」

サリルはそう言い窓の外を見た。球を持った運動選手が全力でグラウンドを走っていく。体躯鍊大会まで、彼らは一心不乱にボールを追いかけていくのだろう。

「うーん」

腕を組んで顔にしわを寄せるユウミを見て、サリルはふと思いついたことを言った。

「ユウミさ。見たことある？」

「何を？」

「緑色の眼をして、白い肌をした子がこの街にいるの」

「カラコン？」

「ううん。ちがう」

「いや……その組み合わせは見たことないわ。確かに色の違う肌とか目の子はいるけど。生まれついたものだからね、そんなの。……サリは見たことあるの？」

「いや、街のうわさだよ。最近ヘンな人が多いじゃない。まだ跳ぶ人も捕まってないし」

「そうよね。……そっか、あいつの事件に巻き込まれたせいなのね！　許せん！」

「ユウミ、ちょっと待って。ただ気になっただけで……」

「いーや。あいつがサリに近づいたから、いろいろあんたがショックを受けることになったんだよ。しょい込まなくていいことまで、背負わせたのは巻き込まれたからよ！」

ユウミは机の上を掌で押し、本気でそういきり立っていた。

「落ち着いてよ。そうじゃないって」

「じゃあ、何？ ここまでサリルがぼーっとしたことなんか、今までなかったのに。あんた、しっかりした子じゃない」

「……私思うの。なんであの人、あんなに跳び回らなきゃいけないのかって。何か、理由があるんじゃないかって」

「え？」

「いや、見てもないのよ。その人の姿も知らないし、名前も分からない。でもね、隠れながら見てたの。何か困ってるみたいだった。どうしたらいいのか……私も分からなくて」

ユウミは、すっかり口ごもってしまった。

「あんたヘンだけど。やっぱり優しいから……そう考えちゃうのかも」

と言うと、ユウミは手を握った。気落ちしたような表情に見えたのだろう。

ユウミはこういうときほど笑う。それに彼女の言うことも、もっともだ。見ず知らずの男の子なのに。

でもその日から、サリルの頭の片隅には、あの少年がいたのだ。

あの緑色の丸い眼。月夜に光る白い肌。話すことができないけれど、何か印象に残るしぐさ。あの時、彼は自分を守ってくれた。そうはっきりと覚えている。今、どうしているのだろう。どこに住み、隠れているのだろうか。彼は自由の代わりに、どこにも居場所がないように見えた。

密閉された教室の戸が開く。すべての授業が終わってもその日は帰宅できなかった。運動部の生徒や受験を諦めた不良たちが不服そうに座っている。蓋をするように戸を閉めたのは目鼻立ちの通った、利発なクラス委員の女の子と、数人の委員だ。

女の子は声もなく教卓に進み出ると、こう言った。

「では、これから一時間を使って、卒業制作となります『みささげ祭り』の出し物を考えます。これはオノコロ全地区、各四校の三年生が団結するまたとない機会です」

ため息と共に、やれ受験させてよとか、運動部なんだよとか、めんどくせえ。バックレようぜなどの声が漏れ聞こえてくる。わくわくした表情の子もいないわけではないが、彼らは運営側か、既に未来が決まっている生徒たちだ。

「私語は慎んでください。私も同じ条件ですよ。文句ありますか？」

叩きつけるような強い声に、皆一瞬ひるんで声を発しなくなる。

「委員会としては、優秀な個性によるパフォーマンスがよろしいかと考えております」

「出店！　トワルはレストランの家の娘だし！　なんとかなんだろ」

勝手な任命会が始まる。突然指をさされてサリルは驚き、そして首を横に振った。

「ちょっと！　私は作ってないよ！　勝手に言うのやめて」

「またあんたァ？」

ユウミが白けた顔をすると、女子たちがひそひそと言葉をつづけた。

「てかウザくね？」

「ちょこちょこ女子にちょっかい出すのやめればいいのに」

「ああいうことしかできないんだよ。かわいそ」

男子はしかめっ面をしてポケットに手を突っ込むと、黒板を眺め始める。

サリルは委員長に訂正するため、声を張った。

「確かに私は煮炊き師の娘だし屋台は定番だけど、ただのウェイトレスで資格はないから。衛生管理とかで結局先生の言いなりになっちゃうと思います。……それはつまらないでしょ？」

「もっともです。トワルさん」

生徒会長に率いられた委員の気のない拍手に、サリルはしらけたため息をついた。

それから口々に勝手な責任者任命会が続くが、どれもふざけて話にならない。

「それまで。やはり皆さんの議論ではベストな選択には至れませんでした」

委員長は罵声やため息に全く動ずることもなく、落ち着き払っていた。

「そこで我々が提案します。ジョナさん。貴方を中心とした座組を作り、演劇をしてはどうでしょうか」

クラスは驚き、賛成も反対も半々といったところだ。ジョナは座ったまま無表情で委員長を眺めていて、何も言わない。

だが、この間の劇に出ていた女の子が口火を切った。

「待ってよ！　ジョナは立派に稼ぐ女優なんだよ？　私たち演劇部でもないのに全員でお金払うの？」

「いいえ。街の行政全体でやることでしょう。チャリティに決まっています」

「そんなの！　この間の劇も、部が彼女と大人に頼み込んでようやく許してもらったの。養成所として演劇部が認められてるから。でもこれじゃジョナの扱いと釣り合いが取れない。……それで暮らしてるのに！」

「彼女は学生です。それ以上でも以下でもありません。別にお金を稼いでいようと何しようと彼女は彼女でしょう。私はこの街のトップの……アイドルである貴方が他の子たちと混ざって最後の思い出を作ったらよいのでは、と思っただけです」

皆が静まる中、ジョナはブロンドを昼の日差しに一瞬舞わせて、背筋を伸ばした。

「私は、反対なんてしないわ」

普段からジョナの周りにいた女子たちはあっけに取られていた。

そしてジョナはあの、誰の心をも射止める笑顔で委員長の立つ教卓へと進んでいく。

周囲は言葉を失い、口を開けて見ているだけだったが、数人の不良たちは足を組み、見世物を見るような白け笑いでジョナを見ている。

「私は、何でもします」

彼女の声は特徴的で、愛嬌にあふれていて、この中の誰をも味方にできる。

それでありながら、完全に委員長の言葉を無視して教卓と向い合せに立った。

「座ってください」

「確かに私は皆が言うほどお金をもらってるわけじゃない。でも、それを守るために笑顔になってきた。優しいと言われる言葉を選んで話した」

ジョナは舞台上の女優だ。もはや彼女の言葉の何が演技で、何が本心かも分からなかった。

「貴方も優秀な大学に行きたいんでしょ。そのために成功させないといけないのよね。だったら大丈夫。私の才能の一つでも、貴方のために、皆のために使うべきよ」

ジョナの笑顔と提案に、皆あっけにとられも、喜びもした。

だが、次の瞬間、ジョナはあろうことか委員長の胸ぐらを掴んで、引っ張り上げた。

そして耳元で、一瞬だけ声を荒げた。

「ただ。私のプライドを傷つけた件は高く付くよ」

ジョナは手を離し、ブロンドをなびかせると反転して自分の席に歩かずに奥へと進む。

その圧倒的な権幕は、彼女を守ってきた集団からの視線も無意味にした。

「サリル」

思わず背中をびくっと震わせて見上げる。気付くとジョナは、サリルを見下ろしていた。

「貴方が髪を作ってくれるなら、私はやってもいい」

「……えっ」

サリルは目を見開いて、声を震わせる。

「貴方、本当にスタイリストになるの？　それとも一生ウェイトレスするの？」

「私は……」

「ただのウェイトレスで資格はないって言ったわね。貴方、何がしたいの？　髪切り？　学生？煮炊き師？　いったい何者なの」

サリルが俯く。だがジョナはサリルの顎を人差し指で上げ、目と鼻の先まで顔を近づけた。

「一体その顔何？　そんな中途半端な気持ちで私の大切な髪の毛を触らないでくれるかしら。汚くなるから」

サリルが沈黙する中、ジョナはサリルの顎から手を引き、舞台と同じ動きで席に戻った。

重苦しい空気の中、鼻から吹き出す音がした。不良たちが、面白がっていた。

「女が喧嘩しやがって。……おいトワル。どうすんだよ」

耳に刺さる言葉たちは、椅子を蹴られるような痛みと同じに、胸へと響いた。

委員長もこの、重力にも似た圧迫に耐えかねたのか、口を開いた。

「……では、多数決を取ってよろしいですか？」

その途端、目鼻立ちのいい優等生が手を上げる。

「おいおいおいおい。待てよ。僕たちだって勉強があるんだ。それに主役のジョナがああ言ってるんだからまずトワルの気持ちが先だろ。……でも言っとくけど、演者なんて僕は無理だよ？」

「委員長、俺も賛成っす。てかもう球技部に行っていいすか？　放課後の時間使ってまで、こんなことのために付き合わされる必要分かんないっす」

普段発言すらしない二人の男子がそんなことを言っている。頭に来ているのは明らかだ。

「では、結論を一週間延ばして当事者たちに決めてもらいます。……この時間は以上です」

委員長が重い口調でそう言い、眼鏡をかけなおして歩き出すと、他のメンバーも続いた。

結局委員長以外が口を開くことはなく、皆彼女に従って無表情の内に教室を後にした。

ジョナは周りを冷たい目で眺めると、一人鞄を背負って、黙って教室の外に出て行く。

頭が小さく背が高く足も長い、スタイルのいい彼女の立ち姿は周囲から浮いていた。

「付き合うんじゃなかったな」

胸クソわりい。そう言い残した不良たちが立ち、手近な机を蹴り飛ばす。

蹴られた机の主は頭を押さえて眼鏡をかけ直す。体を震わせ、机がずれたことを察した瞬間彼は、机上にあるノートが日に晒されているのを見て慌てて隠そうと覆いかぶさる。

「あン？……えーこれなに？『彼女はぼくのすべてだ。失うなんて耐えられない……』」

眼鏡の子が無様に跳び上がり、ノートを取ろうとするが、背の高い不良には勝てない。

「なんだこりゃ？」

数名の不良が噴き出す。ノートを取り上げた不良が、細い目をしてノートを放り投げた。

「……おいおい。小説なんてモノにならねえもんよくやるな、お前」

「ジョナが好きなん？」

「まあ、あいつの恋愛遍歴知ってるけどよ。お前には無理だぜ」

どけ。そう言い眼鏡の子の肩にぶつかり、存在ごと消すように払いのけて去っていく。

「ああ、トワルくらいで丁度いいんじゃねえか?……痛いのが似てんぜ」

倒れた眼鏡の子はノートすら拾わずに着席し、うつむいた。

沈黙の教室に、動き出す者は一人もいない。

それでも皆この重さに耐えられないかのように、一人が喋りだすとまた一人が呼応する。

「正直、ジョナがあんなのだなんて知らなかった」

「あんな裏表あるとかマジやばくない」

「無理無理……」

ジョナの周りに集まっていた女子たちが、ひそひそ声で話している。その時。

「ジョナは、そんな子じゃない」

意識しないよう、消えるように努めた自分と、今、立ちあがってしまった自分に気付いた。

サリルの声は、残念ながら教室中に響いていた。

立ち上がった運動部の二人がサリルを見ている。道具の入った袋が肩にかかっていた。

「トワル。言っとくけど、俺たちもジョナに我慢してるとこあるから」

「結局、才能があれば周りを黙らせられるって思って、俺たちを舐めてるんだろ? あいつ」

その言葉を聞いた瞬間。サリルは鞄を胸に抱きしめた。

そして逃げるように教室を出る。

「ちょっと、サリ!」

ユウミも鞄を片手に、すぐにサリルを追いかけて走ってくる。

下校していく生徒たちの人波に混じって、サリルは下足箱へと向かう。

そこには、靴を履き替えたジョナがいて、こちらを流すような目でただ見ていた。

「……ジョナ。わたしは、あなたと…。あなたと心が通じ合えればと思って」

全力で走ったサリルの熱を持った体にとって、ジョナの言葉は氷の針のようだった。

「セラピーしてたっての？　違う。私はあなたの腕を買ってただけ。傷の舐めあいしたいなら、楽屋の外に出て他の人間としていればいい」

「そうじゃない」

「じゃあなんなの？　貴方、見たでしょう？　私が何を要求されるか。一体、誰に泣きつきたいの？　私？　冗談じゃないわ」

顔を上げたサリルに、表情のないジョナの顔が映る。

「貴方も他の人と同じ。優しい顔で笑っていればいい。……どうでもいい人」

そこに、追いかけてきたユウミが滑り込んで、前を向こうとしたジョナを引き留めた。

「ざっけんなよ！　あんた、この子がどういう思いしてきたかも分かんないくせに！　そうやって責めることしかできないやつだなんて、あたし思わなかったよ！」

ジョナは口の端だけを上げると、舞台の上のように向き直って、歩き出した。まるで生きる世界すら違う人のような彼女に、かけるべき声など、見つからなかった。ジョナが行ってしまう。

「サリ、もういいよ。一緒に外出ようよ」

ユウミはサリルの肩を叩き、努めて明るく振舞おうとしていた。

その一生懸命さに、胸が痛くて、どうしようもなくて。

このままじゃいけないなんて、ジョナに言われるまでもなく分かっていた。

それが一番安易な選択だということも知っていた。

サリルはユウミに引っ張られ、靴を履き替えると、門をくぐって、ここではないどこかへと立ち去った。


公園の真ん中には噴水が勢いよく吹き上がっている。それはオノコロの街を大量に循環する水を象徴するかのようだ。女の子の吹いたシャボン玉が飛び、サリルとユウミが腰かける石壇のところまでやってくると、弾けて消えた。

珍しく、二人は黙ったままだった。

虹を砕いてまぶしたような空を見上げ、二人は青い棒アイスを持っていた。

座った二人の間には人一人分の間隔が空いている。

ユウミはサリルの表情を見るように横を向き、そっと肩に手を置くとその間隔を詰めた。

「ジョナの話なんか、聞かなくていいからね」

サリルは何も言わずにうなづきたかった。けれど、そうせずに黙ることしかできなかった。

「分かんないよね。人ってさ。自分が考えもしないことを考えて、何故か分からないけど巡り会って、やなところ付き合わされて。でも好きだったりして。なんて……あたしも、上手く言えないや。良いことなんて、言おうとするもんじゃないね」

　ユウミがアイスを一かじりすると、ん、あったま痛い……と髪を押さえた。

「大丈夫？」

「いいよ。……今、収まったから」

　ユウミとサリルはお互いを見合わせて、ぎこちないまま笑いあう。

「よかった。追っかけてくれてありがとう。ユウミがいなかったらもう、学校行けないよ」

「私はあんたがいればいいのよ。皆と同じにしなきゃいけないなんてこともないじゃない。今日とは思いっきり他人のふりして、明日も通おう？」

「そうだね」

　風が吹き、子供たちの駆けまわる声と足音が耳に心地よく響いてくる。

「サリ。あたしさ。正直、あんたとジョナがうらやましくて」

　サリルは驚き、思わずユウミの顔を見た。

　彼女は寂しそうに唇を閉め、呟(つぶや)くように言った。

「私には一生かけてやりたいものとかなくてさ。夢？　ウザい先生はそんなこと言うよ。でもね。見つからない。だから無理に探そうとするのも正直きつい」

　その顔にいつもの元気さはない。だからサリルも彼女と同じほど深い気持ちを言いたくなった。

「私も、ユウミのことがうらやましかったんだよ」

「え？」

「だってユウミは強いんだもん。そんなこと言いながらちゃんと、準備できてるじゃない。どうしようってもがけるじゃない。でも私ってシーソーみたい。……ほんと、バカみたい」

「サリ。……自分のことそんな風に言うの、止めな」

ユウミはサリルに怒った。

「あんたにはあるじゃない。どんなに壁があったっていい。どっちに行くにしたって、あたしはあんたを励ますから。……守るから」

サリルは、今まで喉につっかえていた思いが抜けなくて、困っていた自分が分かった。

「自分がどうしたいか分からないの」

ユウミはサリルを抱きしめた。子供たちが驚いて眺めているのもいとわずに。

「きっと言葉じゃないんだよ。でも勇気のあるサリが、必ずあんたの心の中に、いるって！」

サリルは感情をせき止めずに、少しユウミと共にいた。ゆっくりと体を離して、うなづく。

「……ありがとう。きっと、ジョナにもユウミみたいな子が必要なんだ。私にとっての、ユウミみたいな子が……」

「そうだね。今、よく分かるよ」

「私、髪結いの仕事でジョナといたから、彼女の気持ちが分かるの。ジョナは……自分と周りの差に、どうしていいか分からないの。みんなは誤解してる。誰だって、いつも会うからって、その人の本当の姿を見てるわけじゃないから」

サリルは、ジョナと同時に、自分があの少年のことも思い出していることに気付いた。

「……側にいてあげるだけでいいじゃない。いようとしてあげるだけで、すごいことじゃない」

ユウミはサリルの背中を押すように、そう言った。そしてサリルがその言葉に答えようとした時、彼女は目の前に一人の少女が立っているのが分かった。

巻き毛で真っ黒の長髪をした、赤いワンピースの女の子。

「ルゥコちゃん」

ルゥコは何も言わずもじもじと体を揺らし、唇の端を引っ張って歯を見せずに笑う。

ポケットから何かを出して、サリルに渡した。

「これ、あの日のチケットね」

『すいようびに、きます』そんなことが書いてあった。

文字の大きさにバラツキがあるが、何度も書き直したとみられる跡がついていた。

サリルはルゥコの前にひざを衝き目線を合わせ、胸ポケットに黄色いチケットを差した。

「ありがとう。いつでも待ってるから、おいで」

ルゥコは体をくねらせると、恥ずかしさと喜びが漏れるような笑顔で答え、走っていく。

その先には心配そうに何かを探している母がいて、ルゥコを見つけた途端に大声を上げた。

「ルゥコ！　あなたまた離れて！　どうして言うことを聞かないのっ!?」

サリルは走り、二人の下へ行くと頭を下げた。

「お母さん、ルゥコちゃんは私を見つけて、会いに来てくれたんです」

「ああ？　レストランの了ね！……そう。公園の外に出たら大変だったわ！」

怒っているというより、彼女は動揺しているらしい。サリルはそれを察して言った。

「……黄色いチケット、私が受け取りましたから。水曜日にいつでも来てください」

「水曜日？　指定なの？」

「いえ、このチケットに書いてあります」

「決めたの？　この子が！」

「かわいい文字ですね。ちょうど水曜日がサービス日ですし、お待ちしています」

「そ、そうなの……分かったわ」

ユウミは舌を出し、いたずらっ子のような笑みをルゥコに浮かべた。彼女も少し笑った。

ルゥコの母は、困ったものねェとつぶやきながらも、ルゥコを連れて帰っていく。

「あの子、大事にしてあげよう」

二人の母娘を見送ってユウミはそう言い、サリルはうなづいた。

夜になればまたバイトが始まる。この時間がずっと続けばいいのにと、彼女は思う。


西日が強く射しこむ部屋のちゃぶ台に学生鞄を下ろすと、サリルは膝を抱えて座る。

低いたんすに飾られた写真はどれもサリルと母しか写っていない。

だが一枚だけ赤ん坊のサリルを撮った写真に、男性の指が写り込んでいる。

うっすらとした記憶でも、幼少期にあった父と母の言い争いと破綻は確かに覚えている。あの日のサリルは訳も分からず、しかし根底にある恐怖心と危機感に駆られていた。泣き叫んだのは、父に立ち止まってほしかったから。母に受け止めてほしかったから。

しかしその日から忽然と父は消え、以後サリルの中では変な気分が続くことになった。

何かが欠けている感覚。それは単に授業参観や体躯会にいるべき人がいないという寂しさではなく、何か心に必要なパーツを失ってしまったような冷え冷えとした思いだった。

それが、母が仕事の合間に読んでいるおばあの日記を、自分では開こうとも思わない気持ちになって、笑ってなどいられない気分にさせる。それだけは、サリルの中で明らかだった。

「大切なことは、いつも思い出にしておくのよ」

そう言って母は、おばあの残した、表紙に石が埋め込んである日記をいつも持っている。

サリルはそんな母に感謝している。

シングルマザーで仕事を抱えながらの子育てなど想像するだに、サリルにはできないから。

店が繁盛しない時が多かったから、切り詰めた生活の中で笑うのが難しいことも、サリルは知っている。初めから目指した夢でなくても、今あることから母は逃げなかった。

その時の様々な労苦が、母親を今の困ったバランスに仕立て上げたことも分かるけれど。だからこそサリルはアルバイトででも、母を助けないといけない気がしていたのだった。煮炊き師になり、後継者のいない店の看板を守らなければならないことも、分かっていた。

……大切なことか。

明日、学校どうしよう。

サリルは思った。バカにされるかもしれないし、どうなるか分からない。自分のせいでユウミに嫌なことが起こったらどうすればいいだろう。受験が近いのだ。ジョナにだって、笑顔でいなければならない仕事がある。

サリルは膝を抱えていた腕を解き、何かを探してふすまを開けた。物置の中からものを引っ張り出すと、床に大量の髪の毛が散らばる。肩から上が造形されたマネキンに、長髪のかつらが貼られていた。

予約日は動かせない。水曜日に来たいと言ってくれたルゥコの意志を守りたいからだ。

ルゥコの髪をイメージして、優しくマネキンをなでる。

頭頂部から肩までかかる長髪。目をつぶり、ルゥコがいる姿を想像して目を開いた。

鮮やかな緑のポーチを取り出し、がま口を開けるとサリルは、ポケットの穴に差し込まれた金色のハサミを持ち上げた。刃先が明々と照る西日に輝いた。

バイトの十五分前にタイマーをセットすると、丁度三十五分ほどだ。

サリルはそれから、夢中になってマネキンの髪をセットし始めた。

火曜日の学校は、拍子抜けするほど何もなくて驚く程だった。

サリルもユウミもどこのグループにも入っていないから、内心怖がっていた。でも大っぴらに悪口を言われたりすることもなく、いつもの日々に帰還できたのは安心したし、嬉しかった。

「……でさあ！」

と、ユウミはいつもより会話を飛ばしていた。サリルはたまにユウミにつられて笑いつつ、いつもの心地いい聞き役を請け負った。ただ、たまに教室の一角が目についてしまう。

サリルの心よせるものは別にあったし、ユウミも同じだった。

それは分かっていて避けようとしていたことも知っていた。

ジョナは、周りにもう誰もいなくなってさえ、凛として普段通りの生活をしていた。しかしジョナの周りには、彼女が彼女らしく振舞おうとするのと同じだけ多くのゴシップとせせら笑いが聞こえ、教室の外には声援（ラブコール）が溢れて、とても近づけるものではなかった。二人は視界に入るのも許されないかのように、彼女が教室から出るのを見送るだけだ。

ユウミも、彼女らしくない表情で何か悩んでいた。

この日も火曜日も、サリルとユウミはジョナの件を不問にし続けた。その間。

ずっとサリルは、ジョナを見るたびに彼女の見せた感情を思い、そして今もどこにも居場所のないであろう、あの緑色の眼をした少年のことを、思い出していた。

……火曜日の夕方。

タイマーが鳴ると、サリルは手を止めた。ほうきで床を掃き、切った髪を集め、袋に捨てた。

くしとはさみを丁寧にポーチに入れ、押し入れの奥にしまい、一目散に部屋を出て階段を下ると、ロッカールームの出会い頭に、ブノー料理長が立っていて、思わず足を止めた。

「お、お疲れ様です。先日は申し訳ありませんでした」

サリルが頭を下げ、ブノーにそう言うと、ブノーはまったく中身のない声で答えた。

「はいお疲れ様」

ブノーの大きな体を通り抜けてユニフォームに着替える。

すぐに自分のロッカーを開けてヘアブローチをフックにかける。安全衛生により、ユニフォームはプライバシーを守れるロッカーから動かさないと条例で定められていた。

着替えながらサリルは考えていた。絶対に他の人に内緒の計画を。

せめてこのことだけは、うまくやり遂げたかった。

「サリルさん。そういえば明後日なんだけども」

声だけがサリルに聞こえてくる。

「はい。何でしょうか」

「『野焼き』があるから店が閉まるのが早いことは分かってると思うけどもねェ。とにかく寒いから客足も鈍るし、給料分の仕事量じゃないから困ったもんだよ。休む間もなく働いてくれないとねぇ、とあんたがこの店の娘だから言っとくよ」

「確かに……今はなかなかうまくいかないかもしれません。でも、私も皆と頑張りますから」

「あんたも時々途中抜けるけどね。まあ、勝手な親に困ってるのは分かるけど?」

「いつも苦労かけます。だから野焼きの日くらい皆に力を抜いてもらいたいと思うんです」

サリルはそう、強く言った。

野焼きとは、農耕エリアの一角を完全に焼き払って土地がやせないようにする仕組みであり、その日は空に張った虹の障壁が消えて、透き通った本物の夜空が頭上に展開する。

その代わり、過酷な寒さに見舞われるため、普通はほとんどの店が夕方には終わる。

「野焼きの夜空は、私好きです。普段よりも、とても透明だから」

「はあ。夢から覚めたら、早く煮炊き師になってくださいな。人気レストランの看板娘が早く技術を修めてくれないと、首も回らないんだからねェ」

サリルは何も言い返さずに、着替え終わってロッカールームを出た。

彼女は、サリルが更衣室から出るまでの間ずっと腕を組み、壁に背をもたれているだけで、現場で働いてはいなかった。

「サリーちゃんおつかれ！」

「ルノアさん、こないだはすみませんでした」

「考えなくていいよー？　サリーちゃんがもまれてるのは私知ってるからさ。自信持って！」

「ありがとう」

サリルはルノアに答えると料理を運び、注文を聞き、空になった食器を引き上げていく。

「料理長、何してるんだろうな」

男の料理人がぼやいている間に、その隣で黙々と調理をする母、クリシャを見た。厨房に立つと彼女は全く話すこともふざけることもなく、人格が変わってしまう。そんな母を遠目で見ながら、サリルはレストランの求める必要に手足を取られていく。

水曜日がやってきた。

まず普段、着替えを入れている袋の中に髪結いセットを隠しておく。何食わぬ顔で仕事をしながらルッコを待ち、親子でやってきたら食事を振舞って、出口までエスコートしてその後の予定を伝えるつもりだった。

「先輩！　店長のよくばりサラダ三人前です！」

「はいただいま！」

ネスタを助けながら、サリルは気の利いた動きを何回もする。

「ぶっちゃけ先輩がいないとダメです……。早くバイト終わんないかなあ」

「このあと会うんでしょ？　ほら、一緒に頑張ろ。私もやるからさ」

と彼氏を暗示する会話を広げながら、労働でしなびた背筋のネスタに微笑むサリル。

ネスタは人懐っこく手先が器用で、やるべきことを二つ抱えてやり遂げる力もある。だから彼女に怒ったりしたくなかった。ルノアのように、優しさだけで育てたかった。

「へえ、先輩あと何がありましたっけ？　レタスとインゲン豆のサラダに……」

「ショウユのドレッシングだよ、ネスタちゃん」

あとは、むらなく常に集中力を発揮できるようになれば、そのセンスが活きるはず。

「あ、そうだ。あとは全部分かりますっ！」

ネスタがまた一つ仕事をやり遂げるのを、サリルは見守って厨房の扉をくぐった。

「あの、お客様が来店した……みたいですけど。えっと……お連れ様はどこかなあ」

困惑した声が聞こえる。玄関先に行くとウェイターの男が屈みこんでいるのが見えた。

赤いワンピースを着たルゥコが立っている。彼女はきょろきょろと辺りを見回す。

サリルを見つけると両頬を引っ張るように笑った。

「サリルさん、この子ずっと店の前を歩いてて、迷子じゃないかって思ったんだけどさ」

「この子、私のお客さんです。あとは任せてください」

サリルは胸ポケットから、ルゥコの黄色いチケットを取り出すと彼女に渡す。そして手をつないで机まで歩くと、子供用の椅子を用意しようとした。しかしルゥコは首を横に振った。

「大人用の椅子がいいのね？」

ルゥコはサリルにうなづく。母親がいれば絶対にできないことをやってあげようと思う。

「お母さんは？」

サリルが聞くと、ルゥコは初めて声を出した。

「あとで」

「そっか。じゃあ、このメニューを見ててね。お姉さんまた来るから」

ルゥコがうなづき、サリルが笑顔で答える。

「はあ？　分かりましたけど……サリルさん、料理長が呼んでます！」

最初にルゥコに応対したウェイターの男が、さらに釈然としない顔でサリルを呼ぶ。

サリルは立ち上がってルゥコに笑いかけると、お盆を胸に抱き寄せて厨房まで歩く。

「料理長はどこですか？」

「その、厨房じゃなくてロッカールームね」

ウェイターの男が言うと、彼は眉間にしわを寄せてサリルに耳打ちをしてきた。

「どうやら激おこみたいだから、覚悟した方がいいかも」

だいたい察せるのが本当に嫌だった。破壊的な音がロッカールームから響いてくる。

部屋に入ったサリルを見ると、ブノー料理長は手を止めた。

「ああ、サリルさん。そこに立って頂戴(ちょうだい)。ちょうど行政の見回りが近いから意識の低いメンバーを見張ってたんだよ。これしきのことで衛生面をあげつらわれたくはないんだ。立場が低いのは首がないのと同じだからね」

ブノーは全員のロッカールームを勝手に開き、持ち物を抜き打ちで調べていたのだった。

こういう一つひとつに店長であるクリシャは反論できず、長としての力も行使できずにいる。

それにしてもネスタのロッカーは一生懸命閉めないと無理なほど物が溢れているようだ。

ブノーが勢いよく平手を衝き、派手に扉を閉めた。彼女は手の平を扉に衝きため息をつく。

「ネスタさんは後でやるけど、最近の子はこんなにも物事の整理がつかんのかい」

「ちゃんと言っておくから、ブノーさん、もう止めてくれませんか……？」

サリルが焦ってそう言う間に、ブノーは緑のがま口のポーチを取り出して開けた。

「そうだ。これはなんだい？」

「……髪結い道具です」

「よくできた代物だね。……何でこんなもん持ってるんだい？　あんたは煮炊き師だろ」

風通しの悪い部屋中に、無言の圧がのしかかる。

サリルは、もう思い切り言ってしまおうと思う。

「……私の、好きなものだからです」

ブノーはサリルの言葉を容易く鼻で笑った。

「夢を描くのも勝手だけど現実見なさいよ。全く、親子そろって好き勝手なもんさねェ」

「人のものを、勝手に開けて自由を奪って、そうしないといけなかったんですか？」

もうどうでもよかった。サリルは、初めて逆らった。自分なんかより、ネスタやルノアを守りたかった。この人は女性なのに、何で女が一番守らなきゃいけないものを守れないんだろうと、そう思ってしまった。

「甘いんだよ。この街は小さい。権力が強いんだ。抜き打ちされて衛生基準に満たないと最悪営業停止になるの！　分かるだろ。全員に言っても聞きゃしないことくらい」

「そんなの、ひどすぎる！　私と母に協力を求めたり、やり方はあったはずです」

「そういう力がないから私を雇ったんじゃないのかね。あんたの母親は。だいたい調理の能力しかない、へらへら笑ってるだけで夜中は大事な職場を居酒屋にしてバカ騒ぎしてるあんたの母親、一体何だい」

ブノーは批判の手を緩めてなどくれない。それが彼女の教育なのだ。

「この際だからはっきりしようか。お前の一生懸命なんざ、興味ないんだよ。だったらあたしだって一生懸命さ。何のためにこんなことしてるのかも分からん中でね。あんたらみたいな適当なのと一緒にするんじゃないよこんなもんで。あんたみたいな一人っ子は家業を継ぐのがこの街の普通だ。あんたのセカイなんて甘い。世界はもっと厳しいんだよ！」

サリルは、まだ強がっていた。いや、強がらなければならなかった。

この料理長が一人ひとりをどう思っているのかも分かった。それをどうするつもりもないし変えることなどできないことも知った。それでも、今のサリルは引き下がらない事でしか、自分の心を守れないのだ。

「私のことを、いろいろ言うのはもういいです。でも、ここで頑張ってる皆がいるから、あなたもここに居られることを忘れないでよ……！」

「じゃああんたはどうすんだい。髪結いになるかい！　なれば！　そしてこの店を潰せよ！　もうあたしゃ付き合ってらんない。帰るよ！　今日は金も要らん！　サリルさんあんた何者になるつもりだい。きちんと反省しないとあたしゃ納得しない！」

ブノーはそう言って、ロッカールーム自体の扉を乱暴に開くと外に出て行った。

サリルは、全身の震えが収まらないほてり切った体を感じた。たちまち足から力が抜けて内またに倒れこむと、そのままうつむいて涙を流してしまった。泣きたくなかったし、こんなみじめな気持ちになりたかったわけでもなかったのに。扉が開き、仕事を人に任せたルノアがやってきてサリルの肩を支えた。

「サリーちゃん、大丈夫？」

「戻らなきゃ」

「どうしたの？」

「ルゥコちゃんのとこに、戻らなきゃ」

サリルは泣きはらした顔だった。ルノアは肩を抱いて止める。

「ゴメン、そばにいられなくて。でもその顔じゃお客さんびっくりしちゃうわ。ちょっと落ち着こうよ、その、私はまた戻らなきゃいけないけど」

「サリルさん、ちょっと……いいです？」

そこに、ウェイターの男が沈んだ表情でテーブル席のことを話し始めた。

「あの、ルゥコちゃん？　でしたっけ。彼女、お母さんと一緒にもう帰られました」

サリルは鼻をすすり、ウェイターの男を見た。

そのあまりの痛々しい表情に、ウェイターも気まずそうに言葉を詰まらせた。

「その、お母さんが都合ができたらしくて。召し上がりはしたんです。ルゥコちゃんだけじゃなくお母さんもサリルさんに会うの楽しみにしてらしたみたいで」

サリルは、大切な仕事を落としてしまった。今更追いかけても、見つからないだろう。サリルの胸ポケットから黄色いチケットがこぼれた。それは湿っていて、ルゥコの書いた字がにじんでいた。

ルノアは見かねたようで、ウェイターの男を仕事場へ返すとサリルに気を遣った。

「今日、家に帰る？　大丈夫だよ」

「いえ、少し休んだら、また入ります」

「そんな、無理しなくてもいいよ。大体、バイトじゃない。責任なんてない」

「そうじゃないの。ルノアさん」

「え？」

「私の家は、このマンションの三階だから。きっと、ずっと……ここから離れることなんて、できないから」

サリルは小さい声で答えると、ルノアに厨房へ戻ってほしいと告げた。

締め切った部屋の外は静かで、蒼く深い夜に染まって、誰も出歩くことがなかった。

サリルは疲れ切って寝ている母を眺めた。

「もう、居酒屋なんてしなくていいよ……そのくらい稼げてるんだよ。母さん」

十字の枠のついた窓から外を見ている。

見上げても虹の粉はなく、今夜はただ透き通ったガラスのような夜空だった。

サリルは十字の枠に手をかけ、透明な壁に仕切られた向こう側の世界を思ったけれど、手を引っ込めた。窓際にかけた片足を抱きしめ、うつむいたままだった。

一筋の涙が頬に零れて、それが筋となって、サリルの見る、壁向こうの世界をにじませる。

窓を誰かが叩く。

一つ音が響いて、サリルはうつむいた顔を上げた。

また誰かが窓を叩く。

二つ目の音でサリルは何かに気付き、窓の外を見ようとした。

その時、外からこちらを眺める視線と、サリルの視線が重なった。

はっと息を吸い込み、口に手を当てた。白肌の少年は驚いたような顔を向けている。サリルは思わず、十字の枠の窓を少し開けた。厳しく冷たい風が部屋へと吹いてくる。

「こんなところで寒くないの？」

少年は首を横に振った。そして頬を吊り上げてまばたきする。

「寒くないんだね。……私は、寒がり」

不器用な表情に笑って答えた時、少年の驚きは自分の目から零れる涙にあると分かった。

「そっか。バレちゃったね。すごく、辛くて。

私、約束果たせなくて。それに強くもない。……皆を守ることなんて、できなかった」

少年は、サリルをのぞき込む。全く新しい感情を知ったような顔で。

サリルはこの話の落としどころに困ってしまい、もう終わらせることにした。

「野焼きの時は寒いから気を付けて。多分、帰るところがあるでしょ……それじゃね」

と閉めようとする。が、少年はまた首をかしげて窓を叩いた。サリルは首を横に振って窓を閉めると、また、少年は性懲りもなく窓を叩く。サリルは窓を全開にした。

「ちょっと、どうしたのっ？」

少年はサリルに手を伸ばしていて、開いた窓から、丸く白い月が見えた。

月は光の粉のような星たちを従えて、白くきらめいている。その本当の光に心奪われて、サリルは言葉を無くした。そして促されるままサリルが何もしないと、少年はサリルの身体と足元にあった毛布さえ引っ張り出し、それごと支えて彼女を招く。

「え……？　え！　待って！」

その瞬間サリルの身体は少年に背負われ、開き切った窓をそのままに壁を走りだした。

あっという間に、屋上についてしまう。サリルは冷たい床にへたり込んで毛布をかぶる。

少年はサリルが被った毛布から熱が逃げないように、彼女を抱いて、満天の星と月を見上げていた。まるでそこが自分の故郷であるかのように。


「寒い……」

サリルはそう言ってすぐに、先ほどよりも視界いっぱいに広がる空を見た。

「喜んでくれると思ったのね」

サリルは少年の意図をくみ取って、笑った。

「ありがとう。それだけでうれしいよ」

サリルは、白い息を吐きながら自分のことを少年に話した。

「窓閉めちゃってごめんね。……誰にも会いたくないとき、この屋上に上って景色を見るの。そんなことしたって、高くなんか飛べないって分かってる。けど、そうしてしまう。ばかよね。分かってる。何より一番、それに苦しんできたから。……ここに来るまえ、どこにいたの。お母さんもお父さんもいるでしょ？」

少年は、首を横に振った。

「そっか、私も思うの。お母さんはいるけど、自分は何か空から落ちてきたみたいに……ぽーんってどこからか生まれたんじゃないかって」

サリルは、そんな気分を笑ってしまいたくて、わざとそうした。

そのまま、細くなった目から、サリルはすっと頬に涙を流した。

「でも、今夜……あなたも一緒にいてくれてよかった」

少年は自分のまとっている上着を脱いでサリルに渡す。ハンカチがないのだろう。

「あなたって、純粋なのね」

だが、サリルはもう自分の用意したハンカチで頬を拭いていた。

サリルは少年を見つめる。彼女が背を向けると、夜空に光る粉のような星に囲まれた、ひときわ丸く大きく映える月に向かって言った。

「私、あなたが思うみたいにきれいじゃない。きたないわ。だからきっと……皆をがっかりさせる」

翼はきっと砂漠の砂に埋まる。そんな思いを抱えて生きてきたことが今、分かった。

あの時願いを込めたはずのへアプローチが、ひどい皮肉に見える時があった。

「あなたは一体……」

月を背に立ったまま、少年が答えることはなかった。

サリルが彼の腕に、今までなかったものを見つけた。銀色の輪（バングル）だ。

その途端、風がにわかに吹き付けるのを感じる。それが激しいつむじを描いて少年を包むと、どこからともなく、巻き付くように真っ白な衣が彼の身を包んだ。

その衣は帯が肩にも、腰にも長くたなびいていた。サリルがうつむいた体を起こした時、少年は銀の腕輪を七色に光らせ空に掲げていた。

すると天空から、闇に一本の真っ白な尾を曳いて光が現れる。

「これなに……？」

二人が上に乗れるほどの、小さな銀色の円盤が現れた。

銀の円盤は、彼女が聞いたこともない透明な音を静かに漏らしながら空に浮いていた。少年はステップを踏むように銀の円盤の上に乗り、サリルに手を伸ばした。

「これに……乗るの？」

手を握った瞬間、少年はサリルの手を引く。円盤は二人を乗せ、垂直に上昇していく。

温かい空気に包まれたサリルはそれに驚く間もなく、マンションの屋上があっという間に、眼下の景色になり、小さくなって、点になっていく光景を目にしていた。声も出ず、ただずっと少年と目を合わせていた。少年はサリルの瞳を見ていた。彼女の背後に、天空へと昇り移り行く、夜景がある。

雲はない。頭上には地上からはまるで信じられないほどたくさんの星々が輝く。大きな月がたたずむ景色は、透明に光る湖を見るかのようだ。眼下には、丸いオノコロの街の全域をすっかりとらえてしまっていた。そのドームの内周には野焼きの火が、日食のような輪郭を帯びて燃えている。ドームの周囲には、放射状の線を描くように谷が広がる。雨が砂の中に浸透せず行き場を失って作り上げた自然の水路だ。やがて雨が降ればそれを伝い、砂漠の水は街に流れ込む。そして砂漠は延々と続き、地平線を超えてさえも遠くに広がっていた。

サリルは言葉もなくそれを見る。

視界が揺れ、めまいを起こしそうになり、円盤から足を踏み外しそうになる。

少年はサリルの手を握ると抱き寄せて、共に同じ天空を眺めていた。

サリルに、声はなかった。

静かな空の中で二人はただ、その視界に広がる風景を見渡して瞬きもしなかった。その時、遥か彼方の地平線で少しずつ空が白み、オレンジの太陽がその片鱗を見せる。すると地平線そのものが、光り輝いた。目を瞑っても瞳の裏に残るほど鮮烈な金色のラインが、この空にいる二人にも、はるか眼下の街にも、そして延々と続くこの広大な砂漠にも、平等に訪れた。

やがて、その金色の地平線をもたらす太陽が、大地を超えてその丸い輪郭をあらわにすると、明るさを取り戻した世界の隅から、紺碧の空がのぞき始めた。

サリルはつぶやいた。

「きれい」

そして、少年の耳元でサリルは言った。

「こんなにきれいだなんて」

二人の眼下では、野焼きは消し止められ、白い煙がもうもうとオノコロの街から上がっている。そろそろ戻らなければ、あの力場の外に弾かれてしまいかねなかった。

少年が目をつぶると、銀の円盤はそのままの位置で垂直に、そして静かに元の場所へと下降していく。だんだんと地上の、彼女のいる世界が圧倒的な大きさを取り戻していく。

マンションの屋上に銀の円盤が下ると、少年はサリルの手を取り、地面に降ろした。

「あ、ありがとう」

そう言いサリルは、明るく照っていく街の景色を背にして立つ、少年を見つめていた。

「あんなにも遠くから、ここにやってきたのね。私なんて分かるわけない遠い場所から、ここに」

サリルは少年の胸に手のひらを当てて、瞳を閉じた。

「あなたの中には、すてきな心がある。わたしには、それが分かる」

サリルは少年を見つめて首をほんの少し、傾けた。

「だってそうじゃなきゃ、こんなことなんてできっこないんだもん」

少年は、サリルの瞳を見ていた。

時が流れ、街が動き始める。頭上には虹色の光彩を放つ天井が、すでに広がっていた。

「そういえばびっくりすることばかりで、聞けてなかったね。あなたの名前」

その代わりに彼は腕を差し出した。

手首には銀色の腕輪がはめられ、その上にはあせた木の装飾を通すひもが結ばれていた。

「……こんなの、あったっけ?」

するると結ばれていた木の装飾のひもが切れ、コンクリートに落ちた。

「アルファベットよ。これ」

拾うと、その欠片一つひとつには文字があった。しかし、元の文字順は分からない。

仕方がないので、読める順番に組み替え直すと名前が浮かんだ。

「あなたの本当の名前が何かは分からないけど……。ルティオくん。そう呼ばせてくれるかな」

少年はうなづき、許してくれた。

そろそろ、サリルは日常に戻らなければならない。

彼女の周りに展開する世界が、空席を許さないのだから。

「最後に一つだけ。お願いばっかりでごめん」

ルティオが振り向くと、サリルはこの地上で今、気にかかった一番のことを話した。

「赤いワンピースの、浅黒い肌の、黒い巻き毛の子。ルゥコちゃんっていうの。この辺りでその肌と毛の組み合わせは彼女だけでさ。私のせいでとても傷ついてないかが心配で。もし見かけたら、次に会ったとき私に知らせてほしいの……無理しなくていいからね？」

ルティオは緑色の眼でサリルを見、またうなづいた。

「あとは自分で頑張ってみるから。もう少し、踏ん張ってみるから」

サリルは下へと続く階段の入り口まで歩くと、風が二人の間を吹き抜けてルティオを包み、真っ白い風の装束は空へと消えた。

風がやむと、彼は白いパーカー姿に戻った。

「その仕組み、また会ったときに聞くね」

サリルはそう特に驚きもなく返した。いろんなことが起こりすぎ、麻痺したように思う。

「じゃあ、またね。今夜はありがとう」

扉を通ったサリルは手を振って、静かに閉める。

ルティオがビルを跳んでいく音を聞きながら、サリルは扉に背中を着けてつぶやいた。

「誰にも見つからないで。……気を付けて」

それからサリルは扉を離れ、平静を装うように自分の部屋へと戻っていく。

第二幕　宵（しょう）

二日経った。

放課後のけだるい昼下がり。サリルは立つ。そしてあくびして机に突っ伏すユウミを見た。

「えっと。サリ……?」

「ユウミ。私と一緒に来てくれる?」

「え、う……うん」

サリルは、ユウミを促して、釈然としない顔の彼女と共に教室を出ていく。廊下を抜け、階段を降りた先の下足箱には、丁度登校してきたジョナが来ていた。

ユウミがあっけにとられる間に、サリルはジョナの正面に立った。

「ジョナ。私とやろう」

ジョナは顎を上に傾け、腕を組んでサリルを見た。

「髪結いになるの」

サリルは、迷いなくうなづいてみせる。

「うん。私、そうすることに決めた」

「サリ……。ホントなの?」

「うん。もう決めたの。だから二人には、道は違っても一緒にいてほしい」

「本気ね。貴方」

「昨日もこの間も無視してゴメン。……でも今、本気じゃなきゃあなたに声をかけられないから。それって失礼ってことでしょ」

「慣れてるわよ。そんなの」

ジョナは鼻で笑い、話を早々に切り上げて背中を向けると、去っていこうとする。

だがサリルは、負けずに回り込んで、ジョナの組み終わった手の片方を掴んだ。

「逃げないで！　向き合ってよ。私は、あなたの友達になりたい。あなたがどう言っても、私はあなたの友達であり続けたい。そんな気持ちであなたの髪を結ってきたの。セラピーなんて、言わないで。……私の努力してきた力で誰かを笑顔にできるなら、いくらでもそうしたいから」

ジョナはまだ、偏屈な態度を変えることはなかった。

「やっぱりいい子よね。……きれいよサリル。仕事仲間なら最高」

ユウミがさすがに、わなわなと震わせた唇を走らせようとしていた。

……っざけんな、そう言おうとしたユウミを手で止め、サリルは言葉もなく首を横に振る。

「私の思いは変わらないよ。ジョナ。今のあなたはそうかもしれなくても。きっとあなただって、世界を信じたいと願ってる」

ジョナは握った手を振って離し、サリルの胸に付いた制服のリボンを掌で押す。

そしてジョナは腕を組み直した。

「分かった。私が言いだしたことには責任を持つ。でも貴方とは住む世界は違うから。そんな大それたことが本当かどうか確かめるだけよ」

「それでいいよ。……それでいい。私、もう決めたの」

サリルは、それだけで嬉しくて、胸をなでおろしてユウミを見た。

「ジョナ、だったらあたしたちに、ちょっと付き合ってほしいんだけど」

ユウミがわざと快活に言うと、ジョナはため息をつく。

「できない。少なくとも一週間前じゃないと調整なんかつく訳ない。付き人もいるのよ」

「木曜日って決まって休みじゃなかった？　何か月か前に、話してたと思って」

「そのつもりだったけど卒業も間近で仕事も入ってるの。……少し、待ってなさい」

ジョナは遠巻きにこちらを見ている付き人の男性へ向かうと、説明を始める。

「……了承出た」

ジョナは何故か、悔しそうだった。

「やった！　ありがとうジョナ」

「で、私の今日の予定を潰すくらい、価値のある時間を入れてくれるんでしょうね」

「うん、できたら今日、二人に見てもらいたいものがあったから」

サリルは戸惑うユウミと、半歩後ろを歩くジョナを連れて歩く。

着いたところで、小さな男の子二人がボール遊びをしているのを見とめる。

ここは一階エントランス以外人が全くいないホールの中だった。区民劇場だ。ジョナが先日、『やがて遥かなるブルー』を公演した場所だ。管理窓口に来たと伝えると、サリルはユウミとジョナを引き連れて奥へと歩いていく。

サリルは細い通用口を抜けた。突き当りの角を曲がるとその向こうに、白く明るい光が輝き、ドア窓からそれが漏れ出ている部屋がある。そのドアを開く。

太陽のように輝くライトの前にある椅子に、赤いワンピースの小さな影が座っていた。

「ルゥコちゃん」

ルゥコは振り向くと、頬を広げて白い歯を見せずに笑った。しかし、目の前にいた背の高い有名人にまん丸の目を開けると、椅子から思わず立ちあがった。

「この前のお詫びで、すごい人を連れてきたんだ。……ジョナちゃんだよ」

言うより早く、ルゥコが走ってジョナの足に飛び付き、ジョナは困って膝を曲げる。

ユウミがばつの悪そうな表情で見る中、ジョナはあくまでも自分のイメージを崩さないように微笑みながら、頭をなでる。

だがジョナは、そのごわついた黒い巻き毛に脅威を感じるように指を引っ込ませた。

「ジョナ。今からこの子の髪を切るから。それを見届けてほしい。ゴメンね。この子の前に立ったことには、ちゃんとお金を払うから」

「要は実力を見せるってこと？」

「違うよ。ルゥコちゃんの願いも、ジョナの願いも叶えたかっただけ」

「……モノは言いようね。分かった。だったらもう始めてもいいわ。お金も要らない」

「いいの？」

「私があなたを値踏みするから」

「あ、ありがとう」

ルゥコちゃんに聞こえてないよね……？　などと考えつつも、サリルは礼を言い、胸に両手を合わせて組んでいたルゥコの目線まで膝を曲げ、しゃがんで彼女を促す。

「じゃあ、やってみよう」

ルゥコはサリルを見てうなづくと、まっすぐに席に着いた。

この劇場は意外にも温水用の洗面台を完備していて、美容室を使えない中で選ぶには最適の場所だ。ルゥコに冷たい思いも、チクチクする思いもさせはしないだろう。

ルゥコの体にカバーをかけて、仰向けに寝かせて髪をシャワーで濡らす。彼女の髪の毛や頭皮を優しく洗いながら、髪質や癖を調べていく。

「気持ちいい？」

ルゥコが夢見心地で目を閉じ、うなづく。サリルはそのまま指を休めず、髪結いを目指す自分がいつも使っている間違いのないシャンプーで洗う。

すすいでタオルで拭くと、手ごわいごわついた長髪が、ある程度切りやすくなる。

サリルはがま口のポーチからハサミを出して、三本の指で構え、手早く髪を切っていく。

「かみ切りなんて、いやだった」

「何で？」

「わたし、きれいじゃないもん。かみ、きたないって。目もきれいじゃないって」

目線を下げたルゥコは、おそらくあの心配性の母の口癖を真に受けているのだろう。

「そうかな。私はルゥコちゃん、かわいいと思うよ」

「うーん」

とうなるルゥコに合わせ、ハサミの手を止めて一緒にうーんと言うと、ルゥコが笑った。

「そう。それだよルゥコちゃん。その表情に一番似合う髪をお姉ちゃん、考えてきたから」

「かわる？」

「変われるよ。だからきっと、大丈夫」

サリルは、いたずらに伸びたルゥコの長い髪をばっさりと切った。するとこれまで縮れるように巻いていた彼女の髪が重さを離れて軽くなり、自然に跳ねるようになって、全体のボリュームは空気を含んで膨らむ。

よかった。

思った通りの展開にサリルは安心し、優しい印象になるよう髪を仕上げていく。


ユウミは、出来上がったルゥコの髪を見て感嘆のため息を漏らした。

それは重さを脱ぎ放ち、軽くなったようなルゥコ自身のようだった。

巻き毛を上手く使ったエアリーボブは、座ったルゥコの背景に輝く白い照明に映えた。ルゥコが立ち上がり、鏡を見る。今までルゥコ自身が見たこともない、彼女になった。そんな自分の姿に驚いたのか、まん丸の目をさらに開けている。

「どう？　軽くなったかな、ルゥコちゃん」

ルゥコは何も言わずサリルに飛び付くと彼女の胸から離れて、飛び跳ねるように喜ぶ。

すべてを見届けたユウミは、圧倒される思いで目を見開いていた。

「すっごいじゃん、サリル」

「ユウミが背中を押してくれたからだよ」

サリルとユウミは、固く手を握っていた。ユウミの顔もまた、メイクスタジオの光で輝いている。やはり彼女は、元気が似合うなとサリルは思った。

ジョナは何も言わずに二人をただ見ていると、口を開く。

「確かに、私の髪を任せただけのことはあったわ。やっぱり煮炊き師なんて、止めるべきよ」

「私、ずっと心に蓋してきたから」

サリルは制服の胸ポケットに隠したヘアブローチを取り出して、笑った。

「じゃあ、行こっか。ルゥコちゃん」

サリルはルゥコと手を繋ぎ、スタジオを出る。ユウミはジョナの隣で笑った。

「ちょっとはサリのこと、分かってくれた？」

「確かに予想外だった。それは認めてあげる」

ユウミが親しげな目でジョナを見るもののジョナは誰にも視線を合わせない。そして、小さくこう言った。

「でも、私といると、面倒ごとが多いよ」

ジョナの声に、サリルは微笑む。

「そんなこと考えてないで、ジョナの友達なんか務まるわけない、でしょ？」

ジョナはそれでも、表情を変えなかったし、ユウミはそれに少し苛立っている。

けれどサリルは、それでよかった。時間がかかっても、もう逃げたくなかったから。

玄関でルゥコの母を待つ。ルゥコは階段に腰かけ鼻歌を唄い、顔を楽しげに揺らしている。

「じゃあ、私忙しいし、帰るから」

「うん。大丈夫だよジョナ。明日、委員長に言いに行くからね」

ジョナはルゥコだけに小さく手を振ると、付き人と共に歩く。

そこで馬車を引いていた動物は、白く長い首をしたヤギ顔のラクダだ。

「チィロ」

ジョナがヒトの変わったような猫なで声で言うと、チィロは野太い声で鳴いた。

チィロの引く車に乗ると、ジョナは瞬く間に次の場所を目指していった。

「ジョナちゃんと会えてよかったね」

そう言うユウミに、ルゥコは両手を合わせて結ぶと、あごを付けて言った。

「……かわいい。かっこいい」

「また会えるよ」

サリルとユウミがしゃがんで、ルゥコに笑いかけると、ルゥコは顔を手で拭った。

「それにしてもどうしたんだろう、遅いね。お母さん」

サリルが言うと突然、彼女の後ろにある玄関の屋根から人間の影が降りていきなりサリルの隣に着地した。ルゥコが丸い目を開けて驚き、ユウミがわっと叫んだ。

サリルはルゥコを無意識に守りながら、ルティオに言った。

「ちょっと……っ。ちゃんと歩いてきてって言ったじゃん。また追いかけられるじゃない」

文句を言うとルティオは後頭部をかいて頭を下げる。もう、と言ってサリルは許す。

「そうだ。バレちゃったし、お話しするね。彼、ルティオっていうの。ルゥコちゃんを見つけて、私と会わせてくれたんだよ」

ユウミはその身体能力に驚き、口を開けて声も出ないようだった。

「ユウミ?」

「うん、すごい。そっか……。これが噂の彼かあ、ああ、ちょっと待って」

といってサリルの服を引っ張り、ちょっとした物陰へと誘い込む。

「やばいヤツじゃん」

「やばくないよ。もう、やめて」

「いや、ヤバいヤツじゃんこんな建物からいきなり降りてくるなんて」

全く聞かないユウミに、サリルはこれまでの経緯を説明した。……街を騒がした件以外の。

「だってえ、だって何だかあ、嬉しいんだもん、そんなこと言われて、邪魔できないし。ようやくあんたも見つけたのかなって思うし。だからぁサリをよろしくお願いしますぅ」

くすんと鼻を鳴らしたユウミはルティオに頭を下げるが、彼は目を真ん丸にするだけで状況が分かっていない。

「はあ、今度は何言ってんの」

困っているサリルにユウミは、分からず屋に言い聞かすように言った。

「泣けるじゃん、そんなの。泣けるよ。これまでのあんた見てたら」

「……ありがと、ユウミ。多分。今はまだ、その想像ほどじゃないかもだけど……」

ユウミが正気に戻ると、素朴なことを投げかけた。

「そういや、ルゥコちゃんとは知り合いなのね」

ルゥコはルティオに手を振り、彼も振り返す。ルティオがルゥコの黄色いチケットを差し出した。これはルティオがルゥコを探すために使ったものだった。

その時、サリルがふと近くに立っている木を見ると、それが揺れて子供たちの顔が見えた。やり取りを聞いていたのはボールを持った二人組の男の子だ。

サリルは慌てる。見られちゃった……。

「すっげえ、ヒーローじゃん！　スーパーヒーローじゃん！　今の！」

「あ、だめだよ、知らない人だよクリン。あ、おいてかないで……」

クリンはぐずる子を無視して近づき、身振り手振りで玄関を跳んだルティオを真似した。

「あれは彼しかできないことだから、私も君たちもちょっと無理かなあ」

「オム、お前もこいよ。聞きたいことがあるのはお前だろ」

木陰から出てこないもう一人の子供オムに、威勢よくクリンが言った。

オムはさんざん渋り、ようやく出ようとしたところをクリンに引っ張られて倒される。

「あ、あのぉ」

というオムは、座り込むと手を口に入れ、もじもじして何も言葉を話さない。

「ぼくはぁおさるさんみたいな男の人じゃなくて、その、赤い服の子」

「え？　ルゥコちゃん」

「ルゥコちゃんって言うの！」

ルゥコがうなづくと、そうっかあ！　とオムが叫んで跳び、クリンに言った。

「友達になろうよ！　クリン！　こんな！　こんなかわいい子と！　友達になろうよ！」

「うるせーやつだな」

「この子ら……。面白い……の？」

ユウミのつぶやきにサリルも笑い、二人の男の子に微笑むと、足元のルゥコに向いた。

「どうする？　ルゥコちゃん」

ルゥコはサリルの後ろに立ち、彼女の足にしがみつき動かずに、小さな手で顔を隠した。

「いじめたり、しない？」

「しないよ！　するわけない！　こんな！　こんなかわいい子！」

オムが大声で言い、クリンはこちらを見ている。ルゥコは、意を決したようにサリルから離れる。そしてそろりと二人のほうへ進み、向い合せに立った。そして、何も言わずに笑う。

サリルとユウミはそれを見て顔を見合わせた。ユウミは胸の前で手を合わせてつぶやく。

「やったね。……」

と、ユウミが手を組んだまま腕時計に視線を落とす。

「って、やっぱい。もう行かなきゃ」

そして慌てるように鞄を持ち、脇に挟んだ。

「大丈夫だよユウミ。ゴメンね、付き合わせちゃって」

「あたしは内申もいいし半分合格してるようなもんだから、多分大丈夫なんだけどさ」

「ユウミの大学行く夢、かなえなきゃダメだよ」

うなづくユウミは立ち上がった。しかし、二、三歩進んで振り返る彼女の顔は晴れない。

「でも、あんたこれからどうするの？」

「お母さんに話してみようと思ってる。どうなるかは分からないけど」

「信じてるよサリ。きっと、うまくいくって」

サリルがうなづくとユウミは笑って、サリルと別れていく。

誰も人のいなくなった区民劇場の玄関で、サリルはルゥコと共に彼女の背中を見送った。

「ルゥコ……あなたの髪！」

サリルとルゥコの後ろから現れたのは母親だ。小さな娘の姿を見るなり細い目をしてルゥコを抱きしめると、仕上がりを確認するように髪を指ですき、こう言った。

「遅くなってごめんねえ。……これ！　何とかして美容院に取り次がないと」

と慌てる母に、サリルは声をかける。

「大丈夫ですよ。また伸びたら、私がお手伝いしますから」

「サリルさん、あらまあ、そんな悪いわよっ。お金払って、ちゃんとするから」

「え。お金」

「そうよ。ちゃんと対価を払わないと、こんなの釣り合わないわ」

サリルは思ってもみなかったことを言われて、お辞儀した。

「貴方みたいな髪結いがいてくれたらと思ってたのよ。私もお願いしようかしら？」

「是非……させてください」

「貴方なら簡単でしょう？　早く髪結いの免許を取って、お店を持ちなさいよ」

ルゥコの母親があまりにも元気に言うので、サリルは言葉を飲み込み、一言答えた。

「努力します」

ルゥコの母は見事に変わってしまった娘と手をつなぎ、ふとこんなことをつぶやいた。

「それにしても、この子のこんな顔見たことない。……どうなることかと思ったけれど」

そしてルゥコは、母の手から離れると二人の子供を指さした。

「おともだち」

「そうなの？　よろしくねエ！　あんまり喋らないんだけど……。大事にしてあげてちょうだい」

クリンとオムが立っていると、母親はそう言っておほほ、と笑う。

ルゥコが二人の子供たちに手を振ると、彼らはじゃあ、じゃあねと口々に答えた。

サリルは嬉しくなった。母娘は満足した笑みをこちらに返して、夕方になり始める道を歩いていく。ルゥコが両手を大きく振る。サリルも振り返し、曲がり角の向こうまで続けていた。

「サリル、ルティオ。ばいばい」

ルゥコの友人たちも、彼女が去ってしまうとどこかへ行ってしまった。

「よかった」

サリルは胸をなでおろす。

「小さなことだけど、皆が喜んでくれて」

ルティオもうなづき、サリルと目を合わせた。

「あなたといると何でもできそう」

サリルはルティオにそう言って、微笑んで視線を落とす。

「あ、あの子たちボール落としてる。あとで届けなきゃね」

そう言ってサリルはゴムでできたボールを掴んだまま、ルティオと話した。

「そういえばこの腕輪。光ったり円盤呼んだり、どうなってるの？」

ルティオが手を差し出すとサリルは、腕輪に触れた。

直線の筋彫りは精密だが、感触は普通の金属と何ら変わらないように思える。するとサリルの触れた手に反応するように、腕輪が七色に光る。そして地面に落ちた。さらにサリルの目の前でまるで生き物のように動き、物のように変形する。ちょうど手に収まるほどの丸い玉になって地面に止まった。

屈んでサリルが拾おうとした。が、重い、という感触と共にサリルは玉を拾いそこなう。玉をまたいで前のめりになり、ルティオとぶつかって二人とも倒れる。

サリルが腕で体を起こすとルティオは何故か吹っ飛んでいた。

サリルはその時、ぶつかったルティオが何故か異常に軽いことが分かった。

「どうなってるの？」

ルティオがしゃがみこみ、手に触れる。サリルに手で促すと、サリルはもう一度玉を持ってみようとし、今度は玉が軽すぎて転び、ルティオの体にまた当たる。

だが今度はルティオの身体は全くぶれずサリルは跳ね転ぶ。

「いったぁ……。なんなのよ、これ」

身長に見合わない体重だ。銀の玉を両掌で抱えたサリルは、驚くべき光景に目を疑う。そこで初めて溺れた彼を救ったとき、ルティオが官憲の命を救ったときのことを思い出した。

「つまり、玉と自分の重さを移し合えるってことね」

サリルの掌から玉が飛ぶ。ルティオが腕を差し出すと手首にはまる。彼はうなづいた。

「すごい。だったらさ。ビルの飛び移りも迷惑ないようにできるんじゃない？」

サリルは地面に石で線を書き、枯れて折れた枝を持ってきた。

「例えばさ。着地してから自分の体を重くしてみるとか……」

サリルが跳んで木の枝の上に着地する。彼女の体重では、これは折れない。

「やってみて」

サリルはそこに座ったままだ。ルティオは線まで下がり、彼女の隣を目指して跳ぶ。

落下。

枝が複雑に折れてしまった。

「ルティオ、重いものを抱えたままじゃ跳べないよ。跳べても何かを壊しちゃう。……いっそ飛び移ってから玉を手首にまくとか」

もう一度サリルが線から跳んで、枝の上に乗る。

「ほら。きっとうまくいくよ。もう一度やろう」

ルティオは再度、今度は玉を地面に置いて、ラインから跳ぶ。サリルをまね、枝の上に着地する。今度は枝が折れることはなかった。

そして置いていた玉が跳び、ルティオの手首にはまると枝はしなるだけで折れなかった。

「これだよ！　ルティオ。これで誰にも嫌な顔されずに暮らせる。あなたの良いところを、きっと分かってもらえるはずだよ」

すると、枝の上に載っていたサリルが体勢を崩した。地面の上に倒れると、つられてルティオも倒れた。

ルティオが手を衝き、自分のとんでもない質量からサリルの身体を守ったその時、サリルは、仰向けになったまま、ルティオと鼻の先を突き合わせ、近い距離で目を合わせた。

二人は、そのまま互いを待つように見つめ合った。

「ねえ。私たち、近づいたのかな。……ユウミが思ってくれたくらい、近くにさ」

横目で見ると、突っ立っている男の子の目を母親が隠して足早に立ち去る。

ルティオは急に体を起こし、そして二人は背中合わせに座り込んだ。

そのまま肩をすぼめるサリルは、背にルティオの視線を感じる。

「わたしは、うまくいってる、そう思ってる」

そう言うと、サリルはルティオに話したかったことを声に出してみた。

「私ね、あこがれてるんだ。困ってる人を助ける人に。それってね、ヒーローっていうんだよ。その人は自分の力に、運命に勝てるの。他人の目なんて必要ない。目の前に苦しむ人がいるから、放っとけない。ヒーローは、そんなことしか考えない。自分も世界も受け入れたから。それができたから。だからためらわない。自分を捨てることを。顔も名前も知らない人のためにさえ……。その位、強い人がヒーローなんだ。って」

ルティオは、ただサリルに聞き入るように、彼女と目を合わせていた。

「あなたは、きっとそんな力をもらったの」

そしてサリルは、微笑みながら風に吹かれた。

「でもだからこそ……そんな人が救われてほしい。そうじゃなきゃ、あまりにも哀しいから」

サリルはそう言うと立ち上がり、背中を叩いて芝を落とした。

「じゃあ私、帰るね！」

目を合わせずに帰ろうとして、走り出す。

けれどサリルは立ち止まり、ローファーのかかとを浮かせて地面に下ろす。

彼女は振り返って、恥ずかしさに声を弱らせながら、こう言った。

「あ！　メイクの後片付け、一緒に手伝ってくれるとうれしいんだけど……。ごめん」

翌日。教室では皆、驚き目を見張っていた。サリルが公然と、ジョナの考えを認めて演劇をやりたいと言い出した。しかもサリルとユウミが、孤立したジョナと一緒に行動するようになっていたのだ。

「トワル、マジかよ」

祭りを適当に終わらせようと思っていた生徒たちは一様に落胆して、サリルを見た。

「なんか急にイケてないやつとつるみだしたよな、お前」

不良の一人がジョナを見ると、ジョナは氷のように冷たい目で彼を見た。

「そんな目して、寂しがり屋なんだろ。前みたいに男ぶら下げとけばいいんじゃね」

サリルとユウミは、席の都合上、遠巻きにしか彼女を見ることができない。

委員長はざわつく教室を制して、サリルに再度意思確認をした。

「それは本当ですか？　トワルさん」

サリルはできるだけ大きな声で言った。

「はい、委員長。ですがこの出し物は、できるだけ皆の負担にならないように希望者だけを選抜してください。祭りとこの時期が被ってしまうのは仕方ないにしても、その位の気遣いは、しなければダメだと思います。その準備は、委員会がやってほしい」

しっかりと自分の言葉を言い、この提案に生徒は皆賛成した。

そしてジョナは、この状況を静観し、高みの見物をするかのようだった。

委員長は指をぷるぷると震わせて、眼鏡をかけ直す。

「……分かりました。それでは我々も、そのように動きます」

思わぬ負担を背負った委員会を前に、サリルは勝ったような顔のユウミと視線を合わせた。

生徒たちの大半が帰宅した後、付き人と白ラクダのチィロを待つ間に、二人はジョナの席を囲んでいた。遠くない距離に別の女子のグループがいて、隅にも男子が残っている。

「ねえ見た？　あの顔、超やばかったよね」

「ユウミ、あんまり悪くいっちゃダメだよ。私たちだって都合を押し付けてるんだから」

「まあ向こうが言い出したことだし？　その位はやんなきゃって思ったんでしょ。当然よね」

サリルとユウミはジョナを見た。

「あんたはどうなの？」

「どうしたもこうしたも……。決まったんなら行動するだけよ」

「一緒に頑張ろうね」

サリルが言うと、ジョナはふっと鼻で笑い視線を合わせるのを避けた。彼女はそれでもここから立ち去ろうとはしない。ただ、いつの間にか向こう側に座る女子たちがこちらを見ているのも気になった。彼女たちは、意地悪な顔をしてこちらを見つめると、帰ろなどと言い合って席を立つ。

ユウミが腕を組み、その集団を睨んだ。

「あんたら。何か用があるんならちゃんと言ったら？」

一人の女子が、本当に殺気立ったような目でこちらを見るのを、サリルは忘れなかった。

ユウミを睨んでいる一人が、こらえ性もなく口走った。

「関係ないのに突っかかってくんじゃねえよ」

もう一人の子は、思い切りジョナを見ていた。

「キャラ被ってんのがばれて、のけ者にされて、あげくダサいのに泣きついたあんたなんか、もう興味ないから」

彼女は意に介さず、ただまっすぐにその女子を見るだけだ。

その集団はジョナと決定的に分かれて、教室から出ていく。


「……あの子たち、ジョナと仲良かった子だよね」

「どうせ私に構ってもらえなかったのをやっかんでるだけよ。何も気にしないし、二十四時間、学校でもどこでも自分を演じるのはもう疲れたのよ。だからそっとしておく」

「あんた、本当にそれでいいの？」

「私の決めたことに口出さないで。図々しいよ。貴方」

ユウミはため息をついて、分かった。そう言い、腕を組んで黙ってしまった。

サリルがジョナに向かって言った。

「私たち、ジョナのこと、そのままでいいと思ってる。でもあの子たちにもジョナのそのままって、伝わらないのかな」

「そんなバカみたいなことを真剣に考えてるの？」

「考えるよ。向こうはああ言ってるけど、違う気持ちだなんてたくさんあるじゃない。バカだなんて切り捨てないで。ジョナの本当に良いとこをもっと、知ってもらいたいの」

「びっくりね。貴方」

「え？」

「別に。なんでもないわ」

ジョナはそう言って、視線を窓の外に移した。

体躯錬の準備をする運動選手たちが声を張り上げている。その声を聞いてユウミは、いつまでも教室の隅に残っている男子生徒を見かけた。彼は先日、不良に掴まれて大事なものを放り投げられた男の子だった。

「マヒロ。あんた帰らないの」

ユウミに言われてマヒロはガタっと机をずらし、音を立てた。彼は視線を合わせない。

「書いてんのね」

マヒロは曲がった背のまま、ユウミの顔すら見なかった。

手で隠したノートには、文字がびっしりと書かれている。彼はいつも女子が帰らずにしゃべっている時間にも机に向かっているから、気味が悪い人間扱いされているのだった。

「ねえ、それ読ませてくんない？」

ユウミはマヒロに言った。マヒロは机に突っ伏して、体で鍵をかけるように拒否した。

「次の劇の演目になるかもしれないじゃない。あんたさ。それ賞に送ったことあんの」

「ない」

マヒロはそう言ったきり黙った。

「じゃあ、誰にも届かないよその本。自分で動かなくて、なんで現実が変わるのさ」

「現実が変わらないから、書くしかないんだ」

ユウミはため息をつくと背を向けた。

だがサリルはユウミの背後で起きたことを察し、彼女を呼び止める。

「ユウミ、後ろ」

「え?」

マヒロは、ボロボロになったノートブックを差し出していた。

ユウミが受け取ると立ち上がり、ノートをそのままに教室を抜けて扉に手をかけた。

「待ちなさい」

ジョナは逃げる寸前のマヒロを呼び止めるとユウミから原稿を取る。

サリルも顔を近づけた。破れているし、字はとげとげしく血走っているし、濃い鉛筆で殴るように書かれた文字だ。だがそこには、確かな力が宿っているように見えた。

「いいわね。これもいい。ここの場面は退屈。でもここは問題ない」

ジョナは一通りパラパラとページをめくると、こんなことを最後に言った。

「……けれど、もっと美しくなさい」

マヒロはジョナの言葉に、目を真ん丸に開けると、猛然と走って教室から出ていく。

「あいつ大丈夫なの？」

ユウミがマヒロの背を見る中、サリルが再び、本をじっくり読み込んでみる。

するとこの話自体は先日ジョナが公演した昔の演目の、彼なりのリメイクになっていた。

「『やがて遥けきアジュールブルー』。……アジュールだって。なんか、きれいだね」

「うん。何か難しくて分かんないけど。祭りの題材にもあってるんじゃね？」

「委員長、いいって言ってくれるかなあ……」

「分からないけど、勝手に決められたり、何も決まんなかったりするより、よくない？」

三人は顔を見合わせて、唇を閉じた。


夜。家から帰ったサリルはまた、マンションの屋上に立っていた。

「……でね。ユウミが言ったんだよ。『マヒロ、マジメだよね』って。ホントはあの子、とっても優しいんだ。だからね、ユウミとはずっと友達でいたくて」

隣にいるルティオはサリルの顔を見てただ黙って、しかしよく聞いていた。彼女はルティオと話していても退屈しなかった。それに一方的な感覚もなかった。

「なんでだろ、ルティオ。話してもないのにね」

ルティオは片方の口の端を上げて見せる。

「あは。笑顔はもうちょっと、練習かな。でも前みたいじゃない。なにかあなたの中で、響いてるのが分かる。表情で。それ……不思議な感じ。もしかしてすごいことなのかも」

細い体には堪えるほど身体の芯にくる寒さに、サリルは家に一枚しかない厚手の防寒コートを羽織っている。ここから、何度目かになった野焼きの炎が遠巻きに見えた。

深く蒼い暗闇の中に光る真っ赤な輝きは鮮明で、上空から見ると街を囲む金環になる。

「今日も官憲さんに見つからなかった？」

ルティオはうなづいてサリルに答える。

「よかった。……私たちも見つかっちゃダメだよ」

ルティオは立ち、彼は右腕の銀の腕輪を天に向けた。

「光もだめ」

サリルの言葉が聞こえたからか、銀の円盤は光もなしにやってきた。

『東の方角に夜明けを告げる星がまたたくとき、一つの光が空へと飛んでいく』

それは街のちょっとした都市伝説というか、噂になっているらしい。

「……なんて言うの。いつかみんなも乗せてあげたいけど……これ。何人乗れるの？」

サリルは、ルティオの顔を見上げ大きな声で話していた。

円盤にしりもちをついたままルティオの後ろ足に掴まっている。

彼は口を閉じたまま口角を上げると、円盤のスピードを上げた。

円盤の後ろで、砂が谷のようなしぶきを上げる。

この円盤は、上に乗っている者を力場によって静止させる力があるらしく、どうやら二人が振り飛ばされる可能性はなかった。

彼らの前には、ただ永遠で、何の障害もない平坦な砂漠が広がる。

「あの向こうには何があるの？　ルティオ」

サリルの前髪がなびく。頭に付けたダブルブローチの、金の鎖が風に揺れる。

ルティオは地平線のさらに遠くを、指さした。

「指さすだけじゃ、分かんない」

サリルは、足につかまるのをやめて立ち上がると、ルティオの耳元で言った。

「あんなところまで行ったらもう戻ってくるのも、やになっちゃうかもね」

ルティオは後ろ足を浮かせてバンと踏みつけると、銀の円盤の機首が斜め上を向いた。円盤は、白い光の矢のように夜闇へ解き放たれる。上昇を続ける間、サリルは目を伏せ、驚きと興奮で思わず声を上げた。

緩やかに速度を落とし、それから円盤はぴったりと静止した。

二人は円盤の上に座り、背中合わせでこの重力の支配する天空のさらに上を見た。

空気が薄くなり、人が生存できないような高度でも、円盤の力場は二人を守っている。

「私もあの街にいることが幸せだって思う時が来るのかな……って、欲しがりな願いだよね。あっ、流れ星だ。……もう、ちょっとタイミング良すぎ」

ルティオは首を傾げたまま、サリルには答えない。

「そうよね。でもこの景色を見ただけじゃやっぱり分からないよ。だからさ。自分で見つけなきゃいけないことも分かってるの。今は……勇気が欲しい」

ルティオは口をつぐむと、サリルは慌てて否定した。

「あ、違うの。ルティオが悪いんじゃないんだ。……私が色々、先を不安に思うだけでさ。母さんになんて言おうってドキドキしてるし、料理長もいるのに。この景色は、すてき」

ただ、サリルはルティオの様子が、少し以前と違うことを感じた。

きょろきょろと周囲を窺い、自分と話す集中力があまりないように思えたからだ。

「ルティオ、どうしたの？」

ルティオは首を横に振る。何でもないとでも言うかのように。

「そういえば、ルティオの体って、冷え症？　ずいぶん、冷たいんだね」

ルティオはそれにも首を横に振って答えた。しかしサリルは、そんなことも意に介してはいない。この人間を超えた能力は、彼にしかない特別なものだと信じていた。

「もしかして。おとぎ話の人なのかも。星の……王子さまとか」

サリルは勝手にこっ恥ずかしくなり、耳を赤くして彼から視線を外す。

相変わらず流れ星を伴って周囲に光り続ける星々。

彼の手首にある銀色のバングルは月の光に照らされる。その時。

バングルから七色の光が放たれ、それが羽根の生えた人間を蝋のように形作った。

「えっ……えっ？　きれい……」

その光の蝋でできた人は、背中の羽根をばたつかせながら、たたずむ。

「これ、なに？　ホントに、こんなことがあるなんて……」

それはおとぎ話に出てくる、光の妖精そのものだった。彼は真白い光の中で微笑みをたたえて闇夜を照らしている。サリルは、その姿に口をあけっぱなしにして、見とれていた。

『絶望と希望は、同時にやって来る。…使命を果たすときは近い。デオン』

サリルに、ルティオは顔をしかめ、額を拳でたたく。

思い出せない、ということだろうか。そのうち、光の妖精は同じ言葉を繰り返して消えた。

「デオン……って、あなたの名前なの？」

ルティオは拳を額に付けたままうつむき、首を横に振る。

「うん。分かった。今は……やっぱりルティオって呼ぶよ」

ルティオは腕を下ろして手の平を広げる。

彼は、広げた手の平の向こう、円盤の外、眼下に映る光景を捉えていた。

「どうしたの？」

サリルもその様子に気づいたのか、ルティオと同じ景色を見ようと、銀の円盤に膝をついて、両手でへりを持ち、眼下の地平を見た。

「砂漠じゃない」

そこは、荒野だった。

少なくとも地平線まで砂だけの、ただ広い砂漠の光景ではないことは確かだ。

サリルがごく短く、息を吸い込んだ。

もう一度その景色を覗き込もうとした瞬間、銀の円盤が大きく揺れ、腰が浮く。彼らは、下から向かってくる影の襲撃を受けた。サリルが悲鳴を上げて、シーソーのように揺れる銀の円盤に体をつけてしがみつく。

ルティオは突如頭上に現れた紫色の光る眼を持つ翼と相対する。

その時、急激に高度を下げる銀の円盤。頭上から容赦なく追いすがる、漆黒の翼。

ルティオは意を決したようにうなづき、サリルの体を起こすと、目を見てうなづいた。

「えっ、何……」

サリルの体を押して、彼女をなんの捕まるもののない空に放ち、自分は円盤に立膝をついて弾みをつけると、後ろに体をひるがえした勢いで円盤を蹴りつける。

円盤は強烈な横回転の力を受けて打ち上がり、夜闇をつんざき、翼を体ごと両断して月に届くかと思わんばかりの高さまで突き抜けた。

高速で落下するルティオは月を見た。二つに分かれた翼の死を確認すると、遠くかすんで見える銀の円盤に片手の平をかざした。バングルが虹色に光る。そして思い切り手を引いた。

今度は銀の円盤がこちらに向かって加速して落下してくる。サリルは仰向けの姿勢で落ちていく。

翼が死ぬ衝撃と、高い空に悲鳴を上げた。上空からルティオが飛んでくるのが見える。すぐに接近した彼は服を激しくたなびかせるサリルの体を掴むと、抱きかかえた。

あっという間に、サリルの体の下に銀の円盤が現れて背中を支える。

速度を緩め、砂漠の上に着地すると二人は転がって、砂を巻き上げて動かなくなった。

「びっくりした」

砂にうずもれたように大の字になって横たわるサリルは、何が起こったのか、まるで分からないまま、幻想的に光る天を見上げていた。

「あなたは、知ってるのね」

自分の体を起こしたルティオは、覆いかぶさるようにしてサリルを覗き込んでいる。

何故か彼が教えたくないことだったのではないかと直感する。……絶望と、希望。

「マンネリだから、スリルがいるってこと？　そんなのいいよ……」

サリルはルティオに言うと、穏やかに彼の頰を撫でた。

「……本当に」

サリルは眉をひそめて、震えた。

「怖かった」

そう言われ、ルティオはサリルの上半身を支える。冷たい砂にまみれた彼女の肌が、藍色の光を受ける。にわかに朝を迎える空の下で、サリルは心を落ち着けつつあった。

だが二人を、吹き上げる五つの砂の柱が囲んだのはその時だった。

ルティオは立ち上がり、座り込んだサリルを守るように足を広げ、構える。

「え。えっ……？」

現れたのは、人間大のアリジゴクだ。刃がハサミのようになっている。気味の悪い六足が連動して同じ動きをし、自立できず前傾姿勢で近づいてくる。一匹がサリルに喰らいつこうとする。サリルを突き飛ばしてその場所から離し、ルティオは跳んで、蹴り上げてアリジゴクを仰向けに倒す。

倒れたサリルの場所に跳び、銀の円盤を起動して二匹目の頭に落とす。

黒色の血をまき散らして息絶える化け物に向かって、ルティオは銀の腕輪を突き出した。

腕輪はまた七色に光り、銀の円盤をさらに加速させ、巨大な丸ノコのように高速回転させながら自分たちの周りをぐるぐると飛ばした。

すべての首を切断するとアリジゴクは腐り、砂になり消えた。ルティオが腕を下ろすと銀の円盤は砂に突き刺さり静止する。彼は首と視線だけを背後にいるサリルに向けると、正面に向き直った。サリルは、思わず、一歩引いてしまい、その自分に気付いて慌てて、ルティオに謝った。

「ごめん。……ごめんね、ルティオ。そんなつもりじゃなかった。ただ。驚いちゃって」

彼らはそのまま砂漠に佇む。どう受け止めていいか分からないのは、二人とも同じだった。

光の妖精は、現れない。

「教室騒がしくない？　ねえ、何でこんなにうるさいの？」

「さあね。俺は知らない。ユウミちゃん。それより知ってる？　都市伝説」

「都市伝説？　そういえば好きよね。あんたみたいな読書好きはさ」

「大雑把にくるよな。まあいいさ。みささげ祭りって、元々何を捧げてたかってこと」

「？　さあ……一年の感謝とか、病気がないとかだよね。街の真ん中に白いでかい塔立ててさ」

「その白い塔だよ。元々は何を意味していたか」

「さあ……。てか疑問形にばっかりしないでよ」

「話を盛り上げるためだよ。許してくれ」

「そんなこと言われても」

「本当は街のはずれにある黒い遺跡に答えがある。そこに溜めてたんだよ。人の悪い気をね。それをドームの向こうに打ち上げるのがあの白い塔の役割さ」

「ああ、『身交わしの塔』ね。雰囲気悪いけど、取り壊さないのはそういうワケなんだ」

「うん。あそこは元々そんな名前じゃなかった。都市の再開発で名前を付け直したのさ。それに、それにだよ。信じられないことにあの遺跡には、ある重大な役割があったのさ」

「分かった。石を集めて燃やしてたとか」

「う－ん惜しい、けどまあそのようなものかな。まあ、そうやって人間のおどろおどろしいものを供養する仕組みがあるんだ。けどそこからは、俺をもってしても分からなかった」

「そうか……よく分かんないけど」

「話変わるけど、何故官憲と賢者が石の力を使えるか分かるかな？」

「だから分かんないってば」

「代々、官憲は警察権を果たす役割と同時に、大きな使命を持っていたんだ。だから賢者は、この街を治める賢人の中で、最も厳しい性格を持たざるえない」

「はあ。それが?」

「あとは自分で考えて。君の心一つで世界の見え方は、全く違ってしまう。そう、すべてあなた次第」

彼はしたり顔をすると、人差し指でユウミを差す。席を立ち、廊下へ出ていった。

キツネにつままれたような顔で二人は彼を見送ったまま、言葉だけ交わした。

「なにアイツ」

「なんで分かったんだろう? そんなこと……」

サリルが、彼の後ろ姿を見送ってつぶやく。

「歴史好きで、図書館に入り浸ってるらしいから」

「そっか……」

「……ん、サリル、また浮かない顔ね。髪結いのこと? 大丈夫?」

「ううん、これはそうじゃないの。まだそれは母さんに言えてないし。……ゴメン」

「謝らなくていいよ。てか、謝らないで、時間かけよ?」

「ありがと」

サリルは、書物好きの彼の言葉が引っかかってならない。

空には、また虹が混じっていた。野焼きの日程が終わりを告げ、もう当分空が開かれることはない。ルティオが今どこにいて何をしているのかも知らない。

彼の記憶……そこに答えがあるかもしれないし、あの不意に現れた妖精かもしれなかった。

その時、ジョナに気付く。彼女は遠くから首を横に振って、教卓を見るのを促した。

騒がしい教室の中が静まると、先生と委員長が並んで立っている。

「祭りの演目が決定しました。タイトルは『やがて遥けきアジュールブルー』です」

「今回の脚本は、マヒロのアイデアを直して使おうと思う。よかったな」

先生が補足すると、不良たちのいない教室中は、またざわつく。

「よく書いたな。古臭い石の話なんて」

マヒロに対し傷つけるような目線もあれば、ただ黙っている人たちもいて、半々だ。

「配役は各クラスから最低限の十名、スタッフは各二十名だ。残り十名は希望なしで可。トワルの提案だから参加しなくてもいいぞ。内申は下がるがな」

結局、ジョナと話ができたのはあの放課後だけで、相変わらず、ジョナは二人と距離をおいて生活している。

必要な時以外は話さないし、それに彼女に必要とされることもなかった。

黒板にジョナの名前が書かれる。

無垢の天使リエル。何度も彼女が演じた役の名前は、この劇を作るために起きたことを考えれば皮肉のようにも見えるだろう。くすくすと笑う声が聞こえて、いやな気持ちになる。

帰り道では、一時期に比べるとすっかり官憲の数が減り、普段通りに戻りかけている。

もっとも、他人の家に隠れたり押し入って壺を割ったり引き出しを開けたり、大きな音を立てて移動してしまうルティオに、サリルがこの街での生き方を教えたからに他ならない。

やりたくてそれをやっているわけではないのだということは、よく分かる。

彼は優しいし、真面目なのだ。だがその力をどう、使えばいいのかが分からないのだろう。

その理由がなくなれば、官憲たちだって追ってはこないはずだと、サリルは信じていた。

あの低いビルの上に人影が見える。ルティオは偶然サリルと出会い、目を合わせた。サリルが笑いかけると、彼は目を見開いてうなづき、ビルとビルの間を跳んで消えていった。

今日も淡々とバイトが終わっていく。料理長はサリルに対して、強い圧をかけるような関わりを変えてはいない。現実は何も変わってはいなかった。

「全く、いつまでウェイトレスなのか」

そんな小言を言われた。

そもそもサリルは調理を許されていない、あくまでウェイトレス。それは別に料理が下手だからではなく、別の夢ができた時のために、という母親の心からだ。

一時期の貧乏に比べれば、労働時間も増えて多忙にはなった。それによって実は給料も上がっていて、今や居酒屋もしなくてもいいくらいの稼ぎにはなっている。

だからサリルは料理ができなくてもいい。それがバイトでいい理由になっていた。

しかし、かと言って母も、自信をもって娘の夢の背中を押せるわけではなかった。今度は、予想外に食堂が繁盛してしまったために人員を増やさねばならず、組織的な運営が必要となり、ブノーたちを雇ったからだ。先代から続く、老朽化著しい店舗も改装を余儀なくされ、結局この生活になっている。

「先輩、定食五つくらいオーダーが来てるんですけど、野菜の在庫ありますかね？」

一方ネスタは煮炊き師見習いという中間免許を得ていて、実際の地位は彼女の方が高い。

「うん、ちょっと確認するね。待って」

サリルが業務用冷蔵庫を開けて確認すると、足りないわけではないが確実に必要なものは減っている。そして注文されない食材は余っていた。

サリルはため息をつくが、厨房に戻って状況を伝えた。

「レギュラー定食ならいけそうかな。夜前でしょ……食材入れた方がいいのかも。ゴメン」

「え？　あ、先輩が謝ることじゃないです！　品切れ表示は早くした方がいいかもって」

「うん。助かるよ」

料理長は一連のやり取りを把握し、無言でサリルを見てくる。

彼女の立ち回りで、いつ料理長の檄が飛ぶかは分からない。そんな生活はこれからも続く。

家に帰ると、暗がりの部屋で母が寝ていた。

サリルは青いノートブックを踏んでしまった。思わず足を上げると、酒瓶が転がった。

「母さん、そのまま寝たら風邪ひいちゃうよ」

「う……ん。サリーちゃん。ごめん」

そううわごとの様につぶやく母を座らせると、サリルは対面に座って目を見た。

「今日は居酒屋さん、休むよ」

「そんなことはできないでしょう。もう十分寝た」

「ぼろぼろじゃん。何言ってんのよ」

「……やらなきゃいけないから、やるしかないの。私が頑張れば、あなたが楽になる」

「そういう言い方もう止めて。ずるいよ母さん。……辛すぎるよ」

そう言うサリルに、母は意外にも反論もせず、ゆったりとした口調で話した。

「サリーちゃん。あなたが生まれる前、おばあは私に言ったの。あんたがやるんだって。どんなことがあっても、この子を育てなって。でも私はね、サリーちゃんを育てた気がしない」

母は、そう言ってサリルの頭をなでた。

「だってあなたは、気配りできる、勇気がある……しっかり者に育ってくれた。私には勿体ない子なのよ。だから、私には自慢の娘なの」

「お母さん、たまにはケンカしようよ。どうしていつも、本当の気持ちを話してくれないの。そうやって逃げてしまうの？　分かってるよ。料理長と私がケンカしてから、自分を責めてることなんて」

サリルは、もうぶつかることにした。

それだけは決めていた。卑怯な回り道は、もう止めようと思った。そんなことをしても意味がなかった。母が母になってくれさえすれば、サリルにとってはよかったのだから。

「料理長は、お仕事はできる。でも皆、辛すぎるの。お母さんがぶつからなくて、誰があの人の心を開けるの？」

「おばあなら……」

母はそう言って口ごもり、表紙にコゴルスの石が埋め込まれた青いノートを抱きしめた。

その石はおばあのものなのか、それとも母のものなのかは分からなかった。

「おばあはもう、死んじゃったんだよ。私が生まれる前に、もういないんだよ」

「分かってるわ。サリーちゃん」

「だったら、もっと私と話してよ。私に教えてよ。いろんなこと」

サリルは、自分を構成してきた、重要なパズルのピースを埋めることなく生きてきた。煮炊き師の仕事。なぜそんな夢を目指したのか。お母さんの人生、それに父さんのこと。シングルマザーで自分を育ててくれた時の苦悩や、代々続くお店のこと。

もちろんそんなことは、最近まで興味すらわかなかった。

でもサリルはもうあの空を見た。その瞬間に開かれ、自分自身の中にやむにやまない自分の意志が生まれた。それがどうしても、彼女をそのままにしてくれないのだ。

しかし、母の口は重く、呼吸は重く、苦しみに満ちている。

「勇気がないの。サリーちゃん。あなたにどうなってほしいとも言えないの」

そう言って母は何も言わず、いや、娘には言えなかった。

「……申し訳なくて。あなたに、あまりにも」

その表情を見て、サリルはそれ以上追及することもできなくなってしまった。

サリルにとって大事なのは、母の心と体だったから。

結局、夜の居酒屋で、母親は躁のようなテンションでお客を接待することになった。

その騒ぎが布団をかぶったサリルの耳にも届いて、どうしても眠れなかった。

だから彼女は珍しく、早寝早起きしようとせず、髪結いの本を開いた。

どうせ明日は土曜だし、遅出だ。

本にはあこがれの技術について、たくさんのことが載っていた。

夢について調べると、わくわくしてどうせ眠れないだろうという考えは当たった。

朝方、母が泥酔状態で帰ってくる。母が寝静まるのはすぐだ。

母はとても女性とは思えぬいびきをかいて眠る。傍らに青いノートブックが置いてある。

おばあが生前に残した日記。表紙に紺碧の石。サリルが読むのをためらっていた、記憶。

サリルは日記を手に取ると、そのページを開いた。

『四月九日。
オノコロの街に桜が咲いていた。この街の元になった『二ホン』という国では、四季というのがあったらしい。まあ、砂漠に囲まれたこの街じゃあ考えられないね』
『六月十五日。
私の家は、主人が死んでから随分広くなった。いろんな理由で親と別れた子らにこの家を開いてやって、友達と暮らせるようにすれば、この街の不幸は減るかもしれない』
『七月八日。
この街は過ちを犯してる。どうすれば、死ななきゃいけない命を守れるんだ』

サリルは、無意識にページを閉じていた。

ノートを母の懐へ戻すと、サリルは慌てて布団を被った。

そして予想外に高鳴る心臓を抑えながら、心が静まるのをひたすらに待った。


次の日。

「あ、トッシュ君」

街角で声をかけられ、サリルは自転車を止めた。

「サリル。元気か？　すっかり会う機会もなくなってたからさ」

「私は元気。仕事、ひと段落したみたいだね」

「ああ。あいつは大っぴらに現れなくなった。白い塔の建設も始まってるし。祭りも近い。野焼きの間に、外に逃げたのかもな」

「そうかもしれないね」

サリルは笑い、トッシュも息を吸い直して空を見た。

「それは冗談にしても、俺たちも手をこまねいてるだけじゃいけないからな。あいつを何としても捕まえる方針は変わらない」

「そうなんだ……」

「ああ、上はかなりピリついてる。現場が失敗を続けて良いワケないから。何としても確保して、場合によっては…完全排除もやむなしってことになってるってな」

「それって」

「その通りの意味さ。既におおやけになってるけど、最高術式による封印や射殺もある」

「でも、今は何の騒ぎも起こしてないわけよね」

「ああ。だけど、それとこれとは別問題だ」

「何かきっと理由があるはずよ。そう思わない？　皆、理由を聞かずに決めつけてるけど、彼に直接会ったわけじゃない。本当の彼なんて誰も知らない。それに、彼は……」

と思わず前のめりにまくしたてたてしまったことに、気づいた。

「……理由？　どうした、サリル」

「何でもない」

サリルは慌ててかぶりを振って今更、表情をトッシュに見せないようにした。

トッシュは冷静にサリルの視線を追いかけた。

「君は悪くないし、何にも問われない。ただ……あいつについて知っている何かがもしあれば、俺に教えてくれないか？」

「わ、私は、死ぬとか殺すとか、毎日そんなこと考えたこともなくてビックリしてるだけ」

サリルは自転車に再び足をかけ、去っていこうとする。

だがトッシュの手が伸びるとハンドルの中央を掴まれ、制された。

「待ってくれ」

「……用事があるから」

トッシュは一瞬、地面に視線を落とすと、こう言った。

「この話、俺の中だけで留めるって約束するから。それでも、難しいか。なあ、サリル。俺、頼りにならないか？　俺じゃ……ダメか？」

「違う。でも言えない。言えるわけないの……！」

トッシュの疑念は、決定的なものになったようだった。

こんなに見知った友人のはずなのに、サリルの胸は吊り上げられるように痛み、口は乾く。

その時背後で、ビルの間を跳ぶ影が二人に差した。

「あいつ……」

サリルはトッシュの服の背中を掴み、首を横に振って言った。

「やめて。お願いだから」

「現に君の頭の上を横切った……」

言うが早いか、指名手配中の少年は立膝を衝いてこの場に降り立ってしまう。

「違う。違うわ。危険があったわけじゃないの。だから、なんでもないの」

サリルの言葉を聞き、尚更ルティオはトッシュを見据えていた。彼は、サリルを助けに来ただけだ。だが同時に、彼女が複雑な事情を抱えているのを理解できないのだろう。

トッシュはサリルの肩から手を下ろし、紺碧の石の埋め込まれた腕輪を見せた。

「おとなしくしなければ、身の安全は保障できないぞ」

その瞬間には、ルティオは完全にトッシュの懐に入っている。

ルティオがこぶしを握り、片腕を引いた時、サリルは夢中になって叫んだ。

「傷つけないで！」

トッシュの顔面すれすれにルティオの拳は止まった。

「あなたは、ヒーローなんだよ！」

ルティオはサリルを抱くと、路地を常人にはありえない速度で駆け抜けていく。

道行く人々が思わずのけぞり、尻餅をつく中で、ルティオはさらに走る速度を上げた。

「ルティオ、止まって。それじゃ誰にも分かってもらえない！　分かってもらわなきゃ！　あなたのことが、間違って伝わるのはもう嫌なの！」

サリルは懸命にルティオの耳元で訴えたが、次々と現れる官憲たちが石を出して威嚇すると、サリルも止まれとは言えなくなった。

「あの男、女の子を抱えていたぞ！」

「人さらいか？」

口々に指を差し、しゃべっている人々をよそに、二人はどこに逃げるのか、目的もないままに走り続けた。ルティオは時折ビルの壁面を駆け、屋上を走った。

正面に待ち構えていた官憲の電撃が、ルティオに初めて当たった。

二人は分かれて地面に落ちた。

サリルが倒れていると、すぐにルティオがこちらに来る。片腕に激痛が走って、サリルは思わず声を上げげた。血が出ている。髪結いの仕事に必要な手指は、血にまみれているが無事だ。

「大丈夫。私のことは、いいから」

ハンカチで傷を縛って後ろを向いた。二人は高い塀を乗り越えて地面に落ちたらしい。

だが正面を向いたところには、目の前にある光景に目を奪われていた。

その場所はオノコロの街の美しい景色とは相いれない、見ているだけで息苦しい場所。

黄色く枯れた芝生が一面に広がる場所に、赤茶色の朽ち果てた神殿がある。

普段は誰の目にも触れない場所、意識されたこともない遺跡だった。

だがサリルの中にある何かは、それを求めてうずいた。

きっとここに行けば、官憲が追ってくることはない。という考えがよぎった。

「そこは『嘆きの祠』だ。その中に入るな！」

官憲の声がする。しかし、サリルはルティオに言った。

「ここで待とう」

ルティオはただ彼女の言葉に従って、神殿の中に入っていく。

確かに、官憲はここにはいない。ただ、いるだけでしっとりと濡れてしまうほど湿っていて、そこかしこから雫の落ちる音が、神殿の奥まで響いているようだった。

サリルはルティオの前に立ち、引き込まれるままに歩いていく。密閉されたトンネルはまるで人間の臓器のようで、触るとざらついた石だった。落ちたランタンを拾い、湿ったマッチに何とか火をつける。道が分岐したため片側を伝って歩く。すると外からの光が淡く差し込む場所に着く。

そこは正面どころか四方、壁、壁、壁しかない。二人の周囲を閉ざして埋めるように、石垣がうずたかく上へと延びていた。地面には枯れ果てて茶色になった芝生が折り重なる。

そこにあった祭器は大理石でできていて、燃えた後長い間そのままのようだった。

「ごめんなさい」

急に自分がそんなことを口走って、驚いて手で口を覆った。

入ろうとしたのは自分なのに、今は全身から鳥肌が立っている。

「来た道を戻るしかない」

二人は洞窟の中に戻った。

すると、何もないはずだった壁じゅうに、変化が起きていることに気付く。

「ルティオ。壁じゅうになにか……書かれてる」

サリルは思わず指さした。そこには、何らかの壁画があった。

ランタンを近づけると、色のつく石をこすりつけたかのような絵だ。

それは激しく強くひっかかれていて、石のひとかけらが壁に残るくらい強い筆跡だった。

箱の中に人が入れられ、川の中に沈んでいく光景だった。

その絵の中の彼らは、矛で引っ立てられていた。そしてこの嘆きの祠と同じ建物の中に追い立てられて入っていく。その末に、争いの絵が描かれている。巨大な化け物と逃げる人。

銀色の機械と禍々しい人影が、目を痛めつけるような閃光の中で殺し合う。それも双方に、おびただしい数の犠牲を出して、か弱い命を踏み潰し、地を汚し、天を裂いて。

その絵を構成する一筋一筋の線が、一つひとつの絵が、激しい。そして、哀しい。

そこまで見てしまったサリルは、幾重にも重なり合う血を吐くような誰かの悲鳴を聞いた。

その途端彼女は激しく嗚咽し、肩を上下させ、顔をふさぎ、倒れるようにうずくまった。

「わっ……分からない……そんなこと分からない、知らない」

サリルは涙にまみれた声で首を横に振り、そう言っていた。

なのに、自分がなぜそう言うのかもよく分からない。

「ルティオ、わたしっ……耐えられない」

サリルは壁に完全にもたれ、激しく震えて、ふさぎ込んでしまった。

全身を悪寒が駆け抜け、足元がぐらつく。

ルティオはサリルを背負い、ランタンを蹴って破壊するとひたすら前だけを見て走った。

ところが、走っても光はなかった。

走れど走れど、そこには袋小路しかなかった。そのたびに引き返し、ほかの道を探して走った。

だがその道も行き止まりだ。しかも、迷ううちにだんだん坂道を下っている気がする。道がすべて前に傾いているのだ。

足元がぐらつき、洞窟が震えだした時、地面に大きな亀裂が入る。

地割れした床から、生ぬるい空気が吹き上がるとすべてが崩れ落ちて、巨大な落とし穴に二人は地面もろとも落ちていく。

ルティオは壁に手をかけて跳び越えていくが、この瓦礫にはさすがに勝ち目がない。

すんでのところで崖を掴み、ぶるぶると震えるサリルを抱えてぶら下がった。

だが掴んだ床もいつまで保つか分からない。

「ルティオ……くるしい」

ルティオが全身の力を込めてサリルを持ち上げているのが分かる。

その時、真っ暗な空間を真っ白に光らせる電撃が走って、辺りを照らした。

ルティオは、差し出された大きな手の平に腕を掴まれて、そのまま引き上げられた。

「目を覚ませ」

サリルは、はっと意識を戻す。

二人は確かな地面に立っていた。そこはまだ洞窟の中だが、外から差し込む光が白く出口を照らしていた。そこまで歩くと、街の風景が見える出口まで戻った。

だが気付くと辺りは夜明け前の、辺りがうっすらと白む時間になっていた。

目の前には、両手で杖を正面に衝いた男が立っている。

「お前たち、ここで何をしていた！」

正気に戻すようなはっきりとした声だった。間違いなく、先ほどの声の主だ。

賢者、バルディン。官憲の最高権力者がたった一人でこの場所に来て二人を睨んでいる。

「ご、ごめんなさい」

サリルは傷ついた腕をそのままに言った。

「貴様が街中を飛び回り、皆に脅威を与えていることは知っている」

賢者はいきなり、ルティオの目の前に立つと彼を見下ろし、凄まじい威圧感で言い放つ。

「この街娘にも、他の人間にも関わるな。嘆きの祠はなんびとにも許された場所ではない」

ルティオはバルディンを見たまま、動かない。

「去れ。この場所から。そしてもうこの街から出ていけ。私は、方針としてお前の処遇を打ち出した。だが殺生をしたくはない。この街に、もうそんなものは似合わないのだ。ならば貴様は、それに従え」

ルティオはバルディンと距離を取ると、サリルと視線を交わした。

サリルは首を横に振った。

ルティオは唇を結ぶと、朝を待つ街に跳んで壁伝いにどこかへと消えていった。

「サリル・トワル君。今日から君の護衛を強化する。そして少年との接触を断つ」

鼓動も、体温も戻り始めた今のサリルには寒気しかしなかった。

賢者の言われるままに従い、彼女は黙ってうなづく。

「君が悪いわけではない。街娘。君は……騙され、利用されている」

「違う」

サリルは首を横に振った。

「そんなことない。彼は……！。私が彼を、そうさせてしまっただけ！」

バルディンは、呼吸を置いて感情を排除するように話した。

「ならば尚更だ。君たちは離れなければならない。それを認めるな？」

サリルは、ゆっくりとうなづく。

サリルは肩を落とし、賢者の直属である従者に連れられて馬車に乗った。そしてここから遠く真反対の場所に降りる。

そこは、嘆きの祠と同じ形だが、真っ白くつやのある大理石でできた神殿だった。

その光をふんだんに取り入れた通路を通るとサリルは真っ白い部屋に通される。

そして、置いてある椅子に座った。それからは目を閉じているようにと言われる。


また目を開けた時も、変わった景色がある訳ではない。

別に、サリルの身辺には何も変なことは起こらない、ように見えた。

その神殿から出た時にはもう昼間になっていて、穏やかな陽気が辺りを包み込んでいた。

「君が悲しい目に遭う必要はない。つらい立場になる必要もない。……忘れろ、それも時には必要だ。自分を護るためにな」

賢者はそう、優しい声で包むように話し、それがサリルの頭の中にいつまでも残った。


家出少女は、家に帰った。

母はすぐに抱きしめてくれた。

サリルはそれから、濃緑色に白のラインが入ったワンピースを着こなし働いていた。最近は途中で抜けることもなく、母の代わりになって懸命に仕事をこなしている。

「サリルさん、この注文十人分。早めにさばけるようにカウンター勧めておいて」

「はい、ただいま！……はいこちら、ペンペンコです。ようこそいらっしゃいませ！」

サリルは並んでいるお客にお辞儀し、カウンター希望の人々を優先的に案内していく。

「やってきました、料理長」

「あ？　うん。それでいいんだよ」

料理長は一瞬、間を開けると満足げにうなづき、サリルは笑顔で答えた。

サリルは仕事を終えて、更衣室で制服に着替えようとロッカーを開ける。


「……最近、やたらと聞き分けがいいんだ。店長の娘」

ブノー料理長が、タバコを吸いながら男性シェフに話しかけている。

「お灸（きゅう）の据え方が良かったんじゃないですか……ま、親心が伝わったんでしょう」

「親心ねえ。いくら心を働かせたって無駄なことさ。現実現実現実の嵐、だろ。まぁ何があったか知らないがね、こう何でもかんでも素直だと……それも困っちまう」

別にその言葉が漏れ聞こえようと、サリルにはどうでもよかった。

いつものことだ。だから制服で料理長の前に出ると、きちんと頭を下げた。

「料理長、おつかれさまでした、失礼します」

「はい、お疲れさまでした」

戸を開けて、階段を上って家の中に入る。

「お母さん」

母親はすでに居酒屋のための身支度を終えていて、後は下の階に降りるだけのようだ。

「サリーちゃん。お疲れ。今日はあなたの好きなものを取り置きしといたから食べちゃってね
……。こないだの、フォロー……って言えるのかしら。分からないけれど」

「ありがとう。私の好きなもの……」

「そうよ。カロリー高めだって言ってたけど、こっそり焼き肉。今日は持ってきちゃった」

「そっか」

母は笑顔で娘を見ると、ドアを閉めて仕事に向かっていく。

あれ。私の好きなもの。焼き肉……そうだったっけ。十字の格子で作られた窓を見て思った。

その向こうの景色にあるビルたちと、そして虹のかかった月。

痛々しい傷と包帯で結んだ腕が、なぜできているのかは分からなかった。

サリルは、母親が娘のために作った夕食が豪華なものであることを分かった。

多分、いつもこんな風に作ってもらって、食べてたんじゃないかと思う。

一口食べると、とてもおいしい。あっという間に完食してしまう。

そこで思った。そうだ。私はこの料理が好きなんだ。好きだったんだ。

そしてある考えがよぎる。こういうことは思い出したってことなのかな、と。

今日は、数えていつくらいになるだろうか。

疑問に思ったまま立ち上がると、押し入れの隙間から黒い毛が出ているのを知った。近づき取り出すと、サリルは短い声を上げた。短髪に切ったマネキンが、ごろりと転がったのだ。

気持ちを落ち着かせる。……そういえば、髪結いになりたかったんだっけ。私。

緑色のがま口ポーチがちゃぶ台の上に置いてあるのを見て、中身を取り出した。

そこにあるハサミは、整然と楕円の葉があしらわれていて、金色に輝いている。

しかし、サリルは使い方を忘れてしまった。

課題研究があった気がして、その答案を伏字するために紙をそのハサミで切って貼る。

彼女は、一階で起こるおじさんたちのがなり声にも特に何も思わなかった。

そのまま、彼女は布団の中で眠った。


翌日。

「じゃあ、今は少しゆったりできてんだ」

「うん。官憲さんが見回りに来てくれたりして、お母さんも安心って言ってた。私、よっぽど怖い目に遭ってたのかもなって思う」

「そんな風になるって、確かによっぽどのことよね。あんたがそんな包帯巻くなんて」

「今は、よくトッシュ君が相談に乗ってくれるよ。生活のこととか、身の回りのこと。病院に入院するってこともあったけど、体が動くのにそれはちょっとって、断った」

「今の時期に入院はさすがにないでしょ。……そっか。トッシュ君か」

その名前が出ると、ユウミは弱く微笑む。サリルはその顔に何かを感じたが、ユウミは別の話題に切り替えた。

「あたしも塾でさ。友達が言ってきてケンカになった」

「ケンカ？」

「うん。ユウミ、一緒の学校に行こうよって。でもその子、電気師目指してて。そんなの、あんたとあたしじゃ将来違うんだから。無理じゃんって思って……」

サリルは両手を顎に付けながら微笑んでユウミの顔を見ている。

「いいなあ、ユウミは大学行けてさ」

ユウミの顔が、一瞬にして真顔に戻ったのに、サリルは驚く。

「大学？　サリは髪結い目指すんでしょ、そういえばどうだったの？　お母さんに話した？」

「え、何を？」

「……サリ？　あんた、どうしちゃったの」

「別に？　それに私は、ウェイトレスになるって思ってたから。煮炊き師の学校かなって。でも、お母さん大変そうだから、しばらくこのままだよ。そうそう、ユウミ、大学受かったら私の店来てさ、食べてってよ」

「え……？」

ユウミは表情もないような顔だった。サリルも顔を傾けてユウミを見ている。

ユウミは何か勘違いしている、だって自分は、確かに髪結いの仕事をやりたいと思っていた時期もあったけれど、それは昔の話で。

演劇部の付き合いでそれを手伝っていた時期もあったけど、それも付き合いで。

「どうしたの。ユウミ、ほら、先生来ちゃうよ？」

「おい、うるさあい。朝のホームルームを始めるぞ。委員長、頼む」

「皆さん。みささげ祭りの劇について、シーンそれぞれの練習が始まります。最低でも台詞を覚えて、ジョナさんの指導の元、見られるような演技をお願いします」

「無理だよ、どれだけこの子が怒ったと思ってんの？」

演者の女子の一人が言って、教室全体がざわつきだす。正直、舞台上の十人はジョナに不服そうだった。確かにアマチュアぞろいが、ジョナのようなことをできるわけがない。

だが着実に、ジョナは水準を求める。もしやるなら予想できないことではなかった。

だからその言葉を聞いて、サリルは不思議に思った。

「お祭りは、みんなで劇をするの？」

「そうだよ。ってか、あんたとジョナが言い出したんじゃん」

「そうだっけ」

「私もやるからね。演技。天使リエルのお供のコリス。出ないと内申響いちゃうから」

「そうなの？　すごいじゃん」

「サリに応えたんだよ。あたし、あんたに励まされて……」

と、その辺りでユウミは、首をかしげるのを止めたようだった。

何か事態の深刻さを分かったような顔で、サリルの表情をずっと見ていた。

「おおい、天使だろ。優しくしてほしいよなあ？　心はどす黒い性悪(ビッチ)だったとしてもよ」

不良たちがジョナに向いて下品に笑った。どうやらジョナが彼らと対立しているのは、普通の人間が起こすような単純なことではないように思える。

そしてジョナは、後ろに座っている人間から消しゴムのかすをしつこく投げられていて、ついにしびれを切らして振り向いた。だが彼女は誰がそれをしたか、分からない。

その姿を見た途端、ユウミがその現場を睨みつけた。

「あいつら……」

「こら！　そこ。ジョナに何してんだ？　彼女はな。ふらふらしたお前たちとは違うんだ。傷でもつけたら、俺は許さんからな！」

先生はそう叫び、ジョナの周りのせせら笑いを制する。

「そうだよな、特別だから。仕方ないよな」

不良でも何でもない生徒の気の抜けた声にジョナは唇を震わせ、一瞬だけユウミと目を合わせた。

「サリ。終わったら、教室に残って。私先生に呼ばれてるからそれまでの時間なんだけど。あたし……先生にも言いたいことあっから」

「え？　私、今日バイト早く行っちゃおうと思っててさ」

「いいから残りな」

ユウミはそう言って、ジョナを見た。サリルは驚き、戸惑いながら答えた。

「え……？　ジョナみたいな子、私たちが近寄れるわけないじゃない」

「サリ。……それも忘れたなんて。あんた言わないよね」

ユウミに悲しい顔をされて、サリルは思わず口ごもった。

サリルは繰り広げられたことのすべてを分からないままに、放課後を迎えた。

ユウミが来るまで、サリルは一人で彼女を待たなければならず、誰もいない教室にジョナが一人だけ立っている。彼女は窓の外を見ていた。

ジョナに話すなんて、私みたいな人間には無理だと思った。それに、近づけないとも。

記憶を失う前の自分がしたことを思い出せない。だから、どうしていいかも分からない。

ジョナがこちらを見ている。サリルは体を震わせて、鞄を抱えて彼女をただ見ていた。

ジョナは、サリルと視線を外した。そして高い背を俯かせて廊下へと去った。

サリルはなすすべなく、彼女を見送ることしかできなかった。

どたどたと走ってきたユウミが教室に着いた時、ジョナは完全に見えなくなる間際だった。

ジョナの腕を掴んで、サリルのところに来るとユウミは言った。

「ジョナ。助けてあげらんなくて、ごめん。でもこのままじゃ本当にあんたの悪い噂と、やってることが一緒になっちゃうんだよ」

ジョナは誰にも目を合わせずに、俯く。

「もう、分かってくれなくたっていい。分かってもらおうとするのに、疲れた」

「だったら。また一緒にやろう。サリが言ったみたいに。投げないで。あたしもやるから」

「……ユウミ。サリル」

ジョナは、見たこともないほどの弱弱しい顔で、言った。

「約束して」

ジョナは、震える唇で言った。

「本番とその前の日、絶対に来るって」

「いないわけないいじゃん。……やれないわけないいじゃん！」

ユウミはジョナの肩を抱いた。けれどジョナは、どうしていいか分からない、そんな風に苦しむ顔を見せたくないかのように、かぶりを振って、その場から去っていった。

本当に驚いてしまった。彼女が自分に心を開くことなんてなかったのに。ユウミはジョナを、私と同じように、外側から客席のひとつからしか見ることができなかったはずなのに。

「へたくそすぎるよ」

ユウミが、そうつぶやいた。

ユウミの言う通り、あのジョナが自分の友達になってくれたのだとしたら。

何でだろう。私、何でこんなことも知らないんだろう。そんな思いがよぎった。

不意に、何故だか心底悲しい気分になって、張り裂けそうな気持ちになってしまう。

それを我慢したのもユウミは察していたのか、ユウミはサリルの手を引くと学校から出た。


噴水公園で、アイスバーを買った。ユウミのおごりでなんて申し訳ないが、言い張るから仕方がなかった。以前もこうして、段に座って話をしたことがある。

あの時は半年前で、他愛のない会話で終わった思い出が、確かにある。

「ジョナってさ。ホントに繊細な子だから。……だから、あんな風なのよ」

ユウミはそう言って、アイスバーをなめると笑う。サリルはユウミに向いた。

「ユウミとジョナって、仲いいんだね？」

「そうじゃない。あんたがジョナと仲良くなって、あたしを結び付けたんだよ」

サリルは、そう言われて困ってしまった。

そこに、ボールが足元に転がってくる。サリルが拾うと、子供が飛び出してきた。

浅黒い肌に赤いワンピースの子が、二人に笑いかけていた。

「あ、ルゥコちゃんじゃん！　元気？」

ユウミはサリルより先に名前を呼んだ。

ルゥコはワンピースをまとった体を一回転し、軽やかなエアリーボブの髪を揺らした。

「今日もおしゃれだよ、ルゥコちゃん」

ユウミがそう言うとルゥコは身をよじり、サリルもユウミの後ろから微笑みかける。

すると遅れて二人の男の子が現れた。

「いっつもいっつも走るなよ！」

「たのしいの。……ごめんね」

「僕たち追いつけないだろぉ！」

「え？　ルゥコちゃんってそんなに足速いの？」

「追いつかないもん。おばちゃんなら追いつく？」

ユウミは突然クリンにそんなことを言われ、目を丸くした。

「ちょっと、今なんて言ったの？　あんた」

「おばちゃんおばちゃんおばちゃん」

「こんのガキ！　うっさいな！」

ユウミは、至って悪気のない様子で、バカにし返されてしまう。

ユウミの手をすり抜けてクリンが走り去ると、オムが無意識につられて走り出す。

「もーあたし子供苦手だわ……。なんでこんなにナメられんのぉ……」

だが、ユウミが嘆く間に、ボールを持ったルゥコだけは止まって、二人を見た。

「ユウミちゃん、かわいい」

「え?……サリ、ちょっとあの子抱きしめていい?」

「う、うん。良いんじゃないかな。その、きつくしなけりゃだけど」

ユウミが走り寄りルゥコに抱きつくと、彼女はユウミを抱き返して、サリルに向き直る。

「ねえ、ながくなったら、また切ってくれる?」

「え?」

「サリル、切ってくれる?」

「う、うん」

「絶対だよ、サリル。……じゃあ、ユウミちゃんもまたね」

ユウミが手を離す。二人に手を振るとルゥコは男の子たちを猛然と追いかけていった。

癒され笑いを浮かべ、三人の後ろ姿を見届けるとユウミは長く息を吐いて言う。

「あんたが、あの子を救ったの。そしてあの男の子たちが友達になってくれた」

ユウミは、まるでこの景色を見せたかったかのように見えた。

そして彼女は語りだした。

「お母さんが一回その病気にかかったの。『忘却症』。この街の人たちは、皆その病になる種を持ってて。確かにお母さん、いまだにその時の記憶をなくしてて。それもよくある話だからって本当に皆気にしないんだ」

「確かに私も、ここ数カ月の記憶がない。皆の顔と名前は分かるんだけど」

「そうでしょ？　いろんなことが起きたのは、本当に最近のことでしかないからさ。でも、最近起きたこと全部、あたしあんたに忘れてほしくない。大事なこと、忘れものにしちゃダメなんだよ」

　サリルは風に吹かれた。他愛のないことかもしれないけれど、聞きたいことがあった。

「ユウミ、そういやトッシュ君といたことあるんだよね」

「え？」

「そう言えば、聞くの忘れてたから。私の、忘れもの」

　サリルは唇を結んで、ユウミの目を見た。さすがにごまかせず、彼女は口を開いた。

「……尻切れトンボって感じで。彼、周りと違ってすぐに官憲の勉強始めたから。あたし宿題なんてまともにやんないし。トッシュと一緒にやってたのね」

「へえ、意外」

「うん。でもお互い中等校卒業して、なんとなく何にもなくなっちゃったの。トッシュはさ。あたしにとっては雲の上の努力家っていうか……似合わないかなって」

「そんなことないよ」

「そんなことあるの。サリ、あんたはかわいすぎるんだよ。考えも、行動も。女の子が天使なんて幻想。だって、あたしが天使になろうとしても、あは。せいぜいピエロ？……そのくらいなんじゃない。だから、いいのよ。このくらいでさ」

　ユウミは自分をあざけるように笑う。

「……夢持たなきゃいけないなんて、誰も決めてないよ」

結局、言いたいことが溢れてしまった。口を閉じても、遅かった。ユウミもそんな顔だ。

ユウミは腕時計を見て悔しげな表情を浮かべた。

「ごめん。話したいけど、もう行かなきゃ。あんたを守りたい。あたしじゃ助けらんないかもしれないけど」

「ユウミ。分かったよ。私、思い出そうとする。何だか私が寝てる間に、世界が変わってしまった気がするから。……でもさっきの言葉、私もユウミに返したい」

「ありがとう」

ユウミはそう言って答えた。彼女は思わず、それに足して言葉を重ねた。

「ルティオくんにも会ってあげなよ。サリ」

だが、サリルは首を傾げた。

「それも覚えてない……か。いいわ。じゃあ、またね」

サリルは手を振って、彼女の背中を見送った。


サリルは、街から少し外れたカフェでお茶を飲んでいた。

「忘却症っていう、病気なんだって。治ればいいんだけど」

「……そうか。ユウミちゃん、そんなこと言ってたか」

トッシュは私服のシャツで、いつものような緊張感のある格好ではない。

サリルもカーディガンにロングスカートでいる。気心の知れた同士の格好だった。

「うん。何だか本当に心配してくれてる。お母さんが昔同じ病気になったらしくて。ユウミはさ。一生の付き合いなんだなって実感したよ。この街で生きてく私には。これからもずっとね」

サリルは懐から、紺碧の石のダブルブローチを取り出した。

金属の部品は一つひとつがツンと冷たくて、サリルは二つの掌で温めるように握った。石が光ることはない。ただ周りの光を吸って、ほのかに照り返しているだけだ。

「ユウミちゃんか。彼女、元気だよな」

「ユウミもトッシュ君のこと、知ってて驚いたよ」

「聞いたのか。ああ。中等生の時、三年次だけ違うクラスだっただろ。彼女そこにいたんだ。結構遊んで、勉強も一緒にして」

「……そうなんだね」

「彼女は俺のことを尊敬してたけど、俺は早く就職したかっただけっていうのが本音だから。彼女が言うほど大して立派な夢がある訳じゃない」

「へえ……。そうなんだ」

トッシュが寂しげな顔で笑っている。

「そうさ。ああいう元気な子、俺にとっては、掴めないものでさ。ほっとけないのに」

「え。なに……？　どうしたの」

トッシュが慌てて、サリルに向き直る。

「冗談だよ」

「ホント?」

「冗談さ。まあ、君の病気だってそうだ。辛く考えていても、本当はそうじゃないかも。そんなもんさ。よくある風邪のようなものだし。……そんなに気にしなくて大丈夫だよ」

「うん。元気出す。……なんか、時間割いてくれてありがとと」

サリルの言葉に、トッシュは息を一つ置いて話した。

「最近はずっと君のことが心配だった。だからできるだけ相談に乗るよ」

「最近は?……最近なの?」

サリルは笑って、氷の入ったグラスを揺らした。

「うん。そりゃ幼馴染だから気にもするさ。好きとか嫌いとかじゃなくて。友達として」

「ともだち、か」

「どうした?」

「いや、違うの。私もトッシュ君のことは、大事な友達だと思ってる」

それからさんざん友達、友達と言い合って、笑い合って、なんだか不思議な気分だった。

けれどこんなにトッシュが自分の近くにいてくれて、何かあれば来てくれることなんてなかったから、サリルは本当にうれしかった。

トッシュと二人でお金を分けて出すと、通りに出る。

「白い塔、もうずいぶんできてるんだね」

ビルの谷間から、長く、なめらかで均整の取れた塔が姿を覗かせている。

「後三割くらいがめどらしいし、これから伸びていくんだろうな」

「きれいだね」

サリルがそうして白い塔を見ている姿を、トッシュは見つめている。

彼は、息を飲みこんでいた。そして何かの覚悟を決めて、こう言った。

「君もきれいだ。……髪飾りじゃなくて。きみ自身が」

サリルが気付いて、トッシュを見た。

西日に照らされた虹空の下で、トッシュの視線がサリルと重なる。

「ユウミが好きなんでしょ」

「……え？」

サリルは、何も考えずに言い放った。

「そうやって、自分の立場を使ってもてあそぶの止めなよ。ユウミが好きなら、諦めないで踏ん張ってみればいいじゃない？」

「サリル、俺は」

「……少し弱ってるからって、そういうのやめて。私にもユウミにも失礼だよ。そうやって中途半端に人を好きになって、好きにさせて。拒絶もしないで空気に任せて。それでユウミが今なんて思ってるか分かる？　私は一人でやっていける。支えてくれる人なんて、必要ない」

サリルは完全に、トッシュに背を向けていた。

バッグを胸に抱きしめるように持つと、サリルは白い塔とトッシュを背にして歩き出す。

その時トッシュは、震える声でサリルを呼び止める。

「……ルティオって覚えてるか？　君と一緒に、しばらくいた奴だよ」

「誰？　知らないわ」

トッシュがうつむくと、西日が彼の顔に差して影になる。

余計、肩を落としているように見えた。

「申し訳ないって思ってる。あの時君を、君たちを追いかけるなんて、しなければよかった」

突然そんなことを言われても、今のサリルに分かることなど一つもなかった。

トッシュが何を思っているかなんて、そんなことさえもどうでもよかった。

だから何も言わず、サリルは背を向けたまま歩き出す。陽が沈み、今日も夜が染み込む。

サリルは歩く速度を上げて、早く自転車に辿り着きたかった。

言えるわけない。本当の気持ちなんて。

元々トッシュが、大事だと思ってた。

……好きだった。

そんな気持ちに、今気づいたなんて。

夜が訪れた頃、サリルは通りを歩いていた。

祭りの前のイルミネーションが輝き、親子連れもカップルもいる。

そこには、ジョナの連れラクダのチィロもいた。

「チィロ。ジョナは元気かな」

チィロは延びして頭を横に揺らし、舌を出してサリルをなめた。

約束。

彼女が言った言葉の意味も分からないまま、この景色の中に溶けるようだった。

チィロから離した手を、そのまま振って別れを告げて、サリルは歩いた。

見ると祭りの装飾を付けたクレーンが伸び、看板を運んでいる。おじさんが料理を掬いあげる絵だ。下には十分な空間と安全帯をした人々がいる。

次の瞬間、突如としてクレーンがあらぬ方向に動き出したのを見た。

周囲から悲鳴が上がり、看板が安定感を失ってクレーンにぶら下がった。

サリルもこの看板の被害を受ける場所に立っていて、慌ててその場から去ろうとしたのだが、振り返った時に気付いた。男性が逃げ遅れて、手を衝き損ねて倒れていた。

看板が落ちてくる。

誰もが目を覆ったその時、地面に青い輝きが走ると看板は真っ二つになって吹き飛ぶ。

サリルが息を飲んだその先には、白い光の中で浮かび上がる人影があった。

皆口々に、化け物だとか、彼は助けたんだとかを言い合う、状況を飲み込むことさえ難しい人の波の中で、少年とサリルは見つめ合っていた。

「君……」

サリルは、なぜかそんな言葉を口走った。

少年は何も答えずに立ち止まっていた。ふと彼が横を見ると、車いすに乗った男の子とその家族と思しき人がいて、姉なのか…少女が進み出ると、少年に袋を渡した。

「これ……食べて」

少年は、どうしていいか分からない顔のまま。だが遠くで官憲たちがこの事態を聞きつけて走ってくるのを見ると彼は袋を受け取らず、壁を走り、ビル街を駆け抜けていった。

何も言えず見送った少女と、突っ立ったままのサリルの目が合った。

二人の官憲が走り寄り、サリルを見てまたかという顔になって、彼女に手をかざす。

「危険ですから下がってください。そのまま、まっすぐ家に帰れますか？」

サリルはうなづく。官憲は申し訳なさそうに身をかがめて、背中を向けて話していた。

「あいつめ。しばらく見ないと思ったら……」

「祭りの前だ。残念だが……拳銃携帯令は避けられんだろう」

サリルは黙って、官憲の肩ごしにある遠くのイルミネーションを、ずっと見つめていた。


マンションの入り口で二人の官憲と別れると、サリルはゆっくりとドアを閉めた。

気付けば、がま口のポーチから金色のハサミを取り出していた。正直、ジョナの髪の結い方しか覚えていなくて、本当に困る。手に取って動かすと確かに遠い記憶、髪を切る練習をしていたことを思い出していた。

でも何でこれを今さら引っ張り出してきたのだろうか。疑問は募る。

正直言って、記憶がない時の自分は不可解なことばかりだ。

とっくに死んでしまった他人のしたことを、追いかけているようにすら思えた。

そうか、あのルゥコちゃんという子を励ますために。ジョナと頑張るために。ユウミと共に努力するために。そしてルティオという名の人のために、何かしたかったんだろう。

でも友人たちの言葉を聞いてその断片を集めても、とても自分がやったとは思えない。そんな勇気が、自分にあったとは到底思えない。


玄関で音がする。

母親が帰ってくると、玄関を完全に閉めてこう言った。

「サリーちゃん。私、今日は居酒屋休むから」

「そうなんだ。いいじゃん。たまには」

気のない感じで答えるサリルは、それがどんな意味を持つのかも分からなかった。

「うん。この前あなたに言われたこと、すごく心に残ったからよ」

母親は、サリルの座るちゃぶ台に向かいあってきちんと座った。

今までこんなことはなかったのに。そう驚きながらサリルは母を見つめる。

「今思い出せなくてもいい。昔あったことをできるだけ。でも、教えられないこともある。それはもう少し、サリーちゃんが成長して、聞いてくれたらうれしい」

記憶が無い件も母は知っている。だがまさか自分がこんなことを言い出していたとは思わなかった。ただ、これが母の精一杯の誠意であることも、よく分かった。

「いいわ。私、聞くから」

「ありがとう。この店……私にとっては先代から続くもので、この看板を継ぐことも当たり前だと思っていた。あなたのおばあちゃんに当たる人はもう死んでしまっているし、私は料理の腕のいい父、つまりあなたのおじいさんに厳しく育てられた。私は心の中で母を探していた。それにこたえてくれたのがおばあよ。彼女は街宿の仕事をしていた。でも、彼女の仕事は、育つ環境が難しい子を預かって泊めることだった。私は一番のおばあっ子だった。親とケンカすると、宿に泊まった」

サリルは黙って、その話を聞く。

「でね。あなたが生まれた時……つまりお父さんと結婚したとき、周りの反対にあったの。彼は名の高い家の男性だったから私みたいな下町の子はどう考えても釣り合わない」

「今の時代は関係ないよ」

「そうよね、でも当時はそうだった。それに、彼は結婚ができなかったの。そういう仕事をしなきゃいけないっていう、理由で」

「それってどういうこと？　結婚しちゃいけない仕事って？」

「うん。それが話せないことなの。ごめんね。でもお父さんは、あなたを愛してる」

「お父さんは生きてる？」

「生きてる。それは確かよ。でも、私も彼も、後悔しかない生き方しかできなかった」

かすかな記憶、しかし思い出すと心が痛む思い出。

白昼夢に離れていく背中。

「だからサリーちゃんが髪結いの仕事に興味を持ったことは、本当にうれしかった」

「そうなの」

「私は、こう生きなさいって言われて、そう生きた。でもあなたは自分で選んだ。だからね。サリーちゃんの真似したよ。今日料理長に、私珍しく立ち向かったの。本当にこっぴどくやられちゃったけど、ちゃんと伝えた。『これ以上皆を痛めつけるなら、お辞めください』って」

「料理長に？　本当なの」

「うん。それにお母さんね……。サリーちゃんがこんなに強く髪結いになりたいって思ってたことも、よく分かった。自分の夢は、これだって思って始めたわけじゃない。それでも皆を雇って、お客さんも幸せになってくれるのはうれしかった。けど、実の娘の夢を守れないなんて、それってておかしいと思わない？」

「待って。お母さん」

あってはならないことが起きる気がした。

「このお店小さくするか、閉めるかしてそのお金であなたの未来を作ったって、いいのよ」

「やめてよ」

サリルはそう言った。

「そんなことしなくていいよ。ずっとお母さんと一緒に……働くよ」

「それはしなくていい。私に付き合って、サリルの大切な人生を無駄にはできない。この街にとっての十代が、どういうことかを私も身をもって知ってる。何か力をつけておかないと、人生の形が決まってしまう」

記憶のない時の私がそれを強く願ったのだとしても、そんなことをしてまで……母の夢を破壊してまで、自分を選ぶことなんてできるはずがないのだ。

「今まであなたに応えてこれなかった私の、精一杯がこれなの」

記憶をなくした時期の自分は、随分可笑しくなっていたんだと思う。

きっとそうだ、そうでなければこんな判断、できるはずはない。

「やっぱりお母さん。今日疲れてるよ。……一緒に寝ようよ」

「そうね。久しぶりに、深く眠れるかもしれない」

今日は、母と体を付けて眠った。

随分、母の背中は小さくなってしまっていたことに気付く。胸の高鳴りは、母に近づけば近づく程、普段と同じ鼓動の速さになる。

安心していく自分に、早く戻りたかった。

私の夢は、見ないほうがいいものなんだ。誰かの夢を横切ってまで見る必要はないんだ。

サリルはへアプローチを胸に握り締めたまま、自分の気持ちが静まるのを待つ。

そんな静かな納得だけが、心ににじんでゆくのを感じながら。

翌朝。

午前中のシフトを軽快にこなして、サリルは日々が求めてくる必要に応えていた。

みずみずしい野菜や果物、そして油のほとばしる音を立て焼かれた肉が、ガラスや陶器の皿に盛られてお客の机に届く。これは、母が作ったものだ。

始めはいやだと言いながら、それでも修行して作った大切な料理で、ここにしかない味。やさしくて、時にスパイシーでサリルが一番好きな味だ。

ブノー料理長は厨房とテーブル席を動き、お客が満足しているかを心配そうに見ていた。

勤務時間が終わった時、ルノアが何か真剣な様子でサリルに話してきた。

「サリーちゃん。少しお話があるんです」

「どうしたの？　急に敬語になって……」

両方の勤務時間が終わった時を見計らい、二人は更衣室と別の狭い事務所に入った。

別に偉くもないのに、サリルは上座に座ってしまって、少し縮む。

ルノアは座って少し経つと、両手の平を合わせて頭を下げた。

「サリルちゃん、ごめんなさい」

「ちょっと、頭を下げるなんてやめてよ。……どうしたの？」

「子供ができたの。だから、産休取らなきゃいけなくて。でもかつかつでしょ。私サリーちゃんとお母さんに申し訳がなくて……言い出せなかったの」

「そんなの。何で言ってくれなかったの!?」

「え?」

「すごいことじゃない! それってルノアさんの、夢がかなったってことじゃない」

サリルは喜んだ。同時に悲しんでもいたが、いつも思いを聞いてきたから喜びたかった。

「いつ生まれるの? 働いたりしたらダメだよ。ルノアさん」

「がっかりされると思ってた」

「そりゃ、ルノアさんがいなくなるのは寂しいよ。でも、子供に何かあったら……。そっちの方が大変なことじゃない」

「ありがとう。サリーちゃんにも言わなきゃって思ったから。……料理長にも」

「私もお母さんも、ルノアさんと赤ちゃんを守るから」

ルノアは誠実に頭を下げた。ちゃんと言ってくれたし、休暇に入る日程もとんとん拍子で決まっていくだろう。ドアが閉まった。退勤したルノアを思って扉に背を着けるサリルは、狭い事務所の低い天井にぶら下がった照明をただ何もせず、見つめていた。

何分もそうしているうちに、飽きてしまって外に出た。

そこには、料理長が立っていた。

「サリルさん。ルノアさんのことなんだけども」

「ああ、赤ちゃんができたから応援して、今日は帰ってもらいました」

珍しく、料理長は弱弱しくなって頭を抱えている。

「参ったよ。人は減ったのに、客足は増えてる、新しいのを雇う力もないし失敗もできん」

「それは、私が入ったり、母が頑張って」

「そんな努力の範囲は超えてしまってるんだよ。つくづく優しすぎる母娘だよ。この店……本当にこれからも保てると思っているのかい」

料理長は、唇を閉めると息を吸い込んだ。

「私ゃ、この店が潰れたら他に行くところがないんだ」

サリルは首を横に振ると、料理長とも別れてマンションの外に出る。

畳めるわけがない。この店は先代から始まり、母が受け継ぎ、皆の思いでできている。

店先をほうきで掃く。街の設備上あまり埃が出ることはないのだが、一回掃けば砂が出口に向かって流れていくのが分かった。

空には虹がかかっている。しかし蓋をしたようだ。もし、このほうきで空を飛べたとしてもあの天井にぶつかってしまうだろう、そう考えた。あっけなく片付けると、街を当てもなく歩いた。

よく考えれば、この街が急にちっぽけな世界に縮んでくるように思える。

路上で弦の楽器を揺さぶりながら、血を吐き叫ぶように歌う男がいる。

同じ通りで、男女が体をすり合わせながらお互いを温め合っていて、家族連れが手を引いて、道の端ではすでに出店の車がいくつも陣取っている。

通りの向こうの空にあるのは、完成間近の白い塔だ。

祭りの日は近い。

今日はジョナの大事な練習の日だ。

行かなくちゃ。でも、どうして行くんだろう。私は、こうなる前の私を思い出せない。だから、約束なんて分からないはずなのに。

「川で子供たちが溺れてる！」

その知らせに、サリルの身体が真っ先に走り出していた。

この川沿いで間違いないようだ。透明な水がサリルの行く方向と反対方向に流れている。

白いボールを投げた子供が、追いかけるうちに柵をすり抜けてしまったのだそうだ。

オムが柵の下をのぞき込んでいるのを見たとたん、サリルの嫌な予感は当たった。

クリン。

クリンは両手を川面から出し、大きく速い川の流れの中に取り込まれ、流されていく。

オムは川沿いを走って、何とかクリンの流れと同じスピードに至ったが、当然息を切らして膝をつき、べそをかいているばかりだ。

「このままじゃ……！」

すでに大人たちが気付いて慌てている。

「ラクルの川だけはいかん！　梯子(はしご)か縄は!?」

しかし、流れが速すぎる。これでは間に合わない。

味方になる大人の数は倍に増えたが、深く大きな川に手をこまねいている。

「サリル……うううううう……」

サリルは泣いているオムを胸に抱きとめると、橋の向こうを見た。

「時間がない」

「今縄が来るから手伝ってちょうだい」

「間に合いません」

「おい、冗談はやめてくれよ」

すでに柵を越え、脛まであるロングスカートをももまでたくし上げると、結んだ。

「どうする気だい。君が行ってもどうにもならんだろう。こんな川だぞ！」

再び止めようとする数人に、サリルは微笑んだ。

「だいじょうぶ」

あの夜。人間を超えた力で人を助けた少年が頭をよぎる。

長髪をゴムで結んだ彼女の手を大人たちは掴んだ。

「これ、やった気がするから」

その時の理由なんて、何でもよかった。

ただ自分の求めるまま、川に飛び降りた。

激しいしぶきと音に、濡れそぼった顔をぬぐった。体すべてが沈み、泡と揺らめく。

視界の中で一気に体中の熱が奪われていく。

苦しい。思ったより、ずっと冷たい。

「サリル、がんばれー！」

声援の中、クリンが必死に川面から顔を出そうとしていた。幸い、サリルのいる流れのほうが速い。

川は急流だ。カーブを利用するところまでは考えていた。距離は縮まっていく。

今。サリルはクリンに手を伸ばし、抱きしめた。

「クリン、いい？　思い切り息を吸い込むの！」

何の反応もない。あごが上を向いたままだ。

「だめ！　しっかり」

励ましながら頭上の川沿いを見ると、大人たちがようやく縄を持ってきた。

だが流れが速く、縄も重そうだ。投げたところもすぐさま通過し無意味となる。

再度男性が縄を投げる。それを川面から見上げると、二人の目の前に縄がようやく降りた。

サリルは片腕でクリンを抱き、彼を励まし、包帯を巻いた腕で壁につかまっていた。

「がんばって、クリン。生きて……！」

げほっ、おえ。クリンは一気に水を吐き、もうろうとする意識からこの世界に戻ったかのように、呼吸を始めた。

もう少し。

サリルは背中を押しクリンは鼻水をたらしながら、必死で縄に掴まった。

サリルは安心して、クリンに微笑んだ。

これでいい。そう思った。

わたしはいいや。

そして包帯を巻いた腕を壁から放そうとして、不意に空を見る。

波しぶきに揺れる虹空を。

ふと、なんとなく頭の片隅で考えていたことを思い出した。このまま何か事故が起きて、自分が出くわしたら真っ先に人を助けて。それでこの世からいなくなったら、もしかしてそのほうがいいんじゃないだろうか。神様はそんな自分を許してくれるんじゃないだろうか。

光の妖精。何か思い出した。この世にいるはずのない、神の使いのことを。

同時にやって来る絶望と、そして希望を。

あぶくが揺れる。

川面に差し込む昼の光。そして皆の声がかすむ。

その時、強くしっかりと手を握られた感触がした。見ると、あの夜に出会った少年が川の中に入り、サリルの手を掴んでいた。強大な流れの中で、少年は必死にものを掴んで耐え、川面に向かって体を上昇させる。サリルの身体は息を吐きだし、激しく乾いた息で、思わず外の空気を吸った。

だがその時、容赦なく強烈な横向きの力が殴り、あっけなく手が離れた。

彼女の頭が壁にぶつかって、激痛の内に視界が揺らぐ。

ぼんやりと、銀の腕輪が輝きながら落ちていくのを見る。

数秒後、サリルの目の前に黒い鉄格子が下りた。そこに全身をぶつけた少年は、扉を叩いていた。

やっぱり、君だったんだ。もういいよ、ルティオくん。もう、いいんだ。あなたまでそんな顔、しないでよ。

そっか、私たち、仲良かったんだね。

ちがうか、きっとあなたは、誰でも助ける。困った人をほっとけないんだね。

……忘れちゃってごめんね。私も、もう思い出せなくて。

大事なことを何一つも。

心の奥に、泣き叫んでいる自分がいるのに、何もできなくて。……勇気がなくて。

サリルが涙を流す。

彼女の頬を流れるしずくが川に溶けて、流れてゆく。赤紫色の奇怪な光が放たれ、サリルの服が揺れる。胸元から何かが出てきた。心がひとりでに零れ落ちたように思えた。

手に取ると、それはサリルの胸にあったダブルブローチだ。

金の翼は色あせ、もはや石は鉛のように黒く濁り、生じた亀裂がマグマのように光る。

正しき『意志』を持つものに、ふさわしい石だと聞いたことがある。

もはや、自分は持ち主ではない。

暗闇に消えた彼女に向かって、何度も彼は扉をたたいた。

ルティオは出ない声さえ出そうとしたのか、口を開けては踏ん張り歯を食いしばった。

この腕が扉を吹き飛ばせたら、真っ先に追いかけるつもりだった。

だが、開かれることはなかった。もう一度踏ん張って、まっすぐに拳を叩きいれる。

それでも開かなかった。円盤も来ない。だが、諦めるわけにはいかなかった。

何度も、何度も、何度も、何度だって、暗闇に消えた彼女を掴むように同じことをした。

……だが暗闇からは何も答えなど帰ってこなかった。

どのくらい続けたのかも分からなくなって、ついにルティオは全身の痛みに襲われた。

水中で膝を折った。見ると、腕の関節から電気がほとばしって、慌てて手で押さえる。

肩を落とし、扉に背中を向けて座り込み、揺らめいてあぶくを流す川面を見た。

そこで、ふと気づく。

何故自分が空気のない水中で苦しくないのかを。

その時、鉛の弾が曳く空気の線が頭をかすめたことも。

川に上がった頃には、彼を奇異の目で見る野次馬たちがざわついてそこに群れていた。

そして見慣れない黒い武器を握り締めた黒装束の人間たちにルティオは囲まれていた。

いくつもの光の輪と、空気を切る威力の弾丸が飛ぶ。だが彼の身のこなしには勝てない。

「絶対にここで終わらせろ」

「迅（ジン）！」

疾風がルティオを襲い、地面に落ちたところを狙って弾が飛んでくる。

「雷（エレ）！」

今度は電撃。官憲たちよりも威力が数段上だ。まともに受ければ命の保証はなかった。

やむなくルティオは跳び上がりそのままの勢いで人間を投げ飛ばす。

サリルが言っていたことをルティオは守りたい。だから、傷つけない。

今度は襲いかかる男を突き飛ばし地面に倒す。

いつ横に飛び出して逃げるか、タイミングをうかがっていた。

「貴様、まだここにいたのか」

その時ルティオは立ちあがり、向かい合ったその男を見た。

彼の名は覚えている。賢者バルディンだ。凄まじい眼力でルティオを睨んでいた。

「貴様は忠告を無視した。心苦しくはあるが……『摩法』にて鎮めさせてもらう」

彼は先が十字になった摩法杖を衝くと、それを天に掲げた。

「迅雷（ジネル）」

猛烈な稲光と嵐が発生し、ルティオを飲み込んだ。凄まじい電撃がルティオを襲う。

腕をかざすと、弾丸が肘裏を直撃し、肌がバチバチと炎をほとばしらせる。

目を丸くしたルティオは、姿勢を低くして瞬発力で横に跳び、消えゆく嵐を抜けた。

野次馬が騒ぎ立てる。

「あいつ……腕が剥げて見えてるぞ！」

その時、バルディンが十字の摩法杖の頭を掴む。金具が外れて、真っ白く鋭い刃の刀が姿を現した。賢者は片手で刀を持ちながら、その切っ先をルティオに向ける。

「やはり、我々とは相いれない存在よ、『銀のルバス』」

そこまで言われて、ようやくルティオは自分の片腕が今どんな状況かを知った。

サリルの様に、皆の様に、赤い血が滴っているわけでも、肉や骨がある訳でもない。

銀色の骨格とそれを覆う炭素ボディ（カーボニック）が、肌を破って剥きだされていた。

白と黒に塗られたその表面は堅牢で、柔軟で、戦闘に適していた。

「ば……化け物だ！」

「撃たれてるのに！」

野次馬には、その時点で逃げ出す者たちもいて、ルティオは彼らの背中に首を振った。

ルティオは賢者も黒装束の従者も無視して、皆に向かって口の端を上げた。

サリルと同じことをやれば、他の人も分かってくれると思っていた。

しかし野次馬からは奇異の目で見られたままだ。そして彼らはすぐに目を丸くして逃げていく。

ルティオがその様を見ていると、不意に手首に、手錠のような銀の腕輪が取り付いた。

ルティオが振り落とそうとすると、腕輪は外れて賢者に跳ぶ。

慌てて掴むと腕輪は変形し、刃の湾曲した鋭利なナタがその手に握られていた。

驚いてナタを投げ捨てようとしても、何故か手の平が開かない。

「銃を退け。私が責を負う」

賢者の刀が振り下ろされる。やむを得ずナタで防ぐルティオの手がぶるぶると震えた。自分でも制御できない力で刃を押し、いつの間に歯ぎしりして首を賢者に伸ばしていた。

「犬の様に震えるか。よほど私が邪悪に見えるらしい」

刃を打ち下ろした賢者は、今度は刃を打ち上げルティオを吹き飛ばす。着地し、立膝を衝いて立った彼に言う。

「その怒り、その凶暴さ。そのままお前に返す」

ルティオは賢者に食らいつくようにナタを振るい、火花を散らせる。賢者の正確無比な動きは予想しやすい。だが当たれば即、立てなくなるほどの致命傷を受けるだろう。

『行動型補足、情報集積解析完了』

耳元でささやくような声を聞く。

瞬間的に縦、縦、横、縦の太刀筋を理解し、着地と同時に、賢者の次の動きに備えた。

予想通り、地面すれすれに身をかがめ、横に振り抜いた刀が空を切るさまを見上げる。

『殺せ』

低姿勢から跳び上がる。膝が賢者のこめかみにめり込み、姿勢を崩した賢者が倒れこむと胸ぐらを掴んだ。ナタを突き付けて賢者を見下げた。

冷静ではなかった。

睨むだけの賢者に向かって刃を打ちおろせば、頭を斬り飛ばすことなど簡単だ。

……そんなヴィジョンが脳裏に浮かんで、思わずたじろいだ。

その一瞬の隙を突かれ、脇腹に電撃を受ける。さすがに体をのけぞらせた。

体勢を立て直した賢者に蹴り飛ばされるとルティオは立ち上がるが、従者たちに素早く囲まれしつこく電撃を浴びて、弾丸を受け、拘束されたように体の自由を奪われた。

賢者は刃を鞘に納めて刀を摩法杖にしていた。彼はそのまま杖を掲げた。

「せめて痛みなく逝け」

「『大雷（デ・エレ）』」

光の鉄槌が、ルティオの頭を直撃した。

今度こそ彼はひざを折った。四肢の関節が切られたようにすら思えた。

動かなくなって、水たまりの中に突っ伏した。

……暗闇の中に、様々な声たちがこだましていた。

夢か、それからどれだけの時がたったか、覚えていない。

ただ彼の前に景色が現れると、それをずっと見せられていた。

どうやらそれは、誰かの目に映った世界らしい。

何故自分がそんな夢を見ているかは分からない。

その力を誰から授かったかも知らない。

ただ赤い炎に包まれた世界の中に、人々の叫びが聞こえる。

逃げまどい、あるいは争う者たちの姿が見える。

「いつもお前を見ている。そして、必ずここに来る」

耳を通りすぎたのが、誰の声なのか知らずに。

第三幕　天（てん）

「それでは本番入りまーす」

「バカ！　リハーサルだろ！　これが本番なら誰も生きてねえよ！」

「そうでした！　すいません！」

笑い声が聞こえる。

この部屋の外で。


真っ白く輝くメイクルームの鏡の前に、花嫁姿のようなドレス。座っているのはジョナだった。

しっとりとしたブロンドはヘアメイクを待ち、まっすぐに地面へと垂れるままだ。

それが終われば背中に翼を付ける。そのためのコルセットが脇に置かれていた。

ジョナは天使になる。

しかし、ジョナの内面など誰も関心にない。慌ただしく、淡々としたスタッフの往来。いつも通り、緊張しすぎている舞台の役者や自分の失敗を待ちわびる人間の渦の中に、ジョナはただ、座っていた。

化粧瓶の隣にあった紺碧の石のネックレスは、何者かによって完全に砕かれていた。

石には傷が付き、亀裂が走っていた。

「ジョナさん！　いやいやさっきのリハも最高でしたよ！　この調子で自分出し切っちゃってくださ い。応援してますから……」

若い演出家はジョナの顔を見るなり、気が引けるような顔をして一歩下がった。

「あ、あの……今取り込み中？」

ジョナは何も答えない。気まずくなって演出家は退散する。

「……天使だったら、いつもニコニコしてないとさ。ま、あの。じゃあ舞台袖でね」

ひそかに、誰にも伝えずに。けれどこの姿を見せたかった友達の二人はここにいない。

ジョナは瞳を開けたままだった。唇をかみしめ、鼻を鳴らして俯いた。

肘まで伸びたドレスグローブの手は組み合って、膝を押し付けていた。

ジョナは空気に震えた声で言う。

「約束、したじゃない」

メイクの終わった目から涙が流れて、ジョナの準備はまた振出しに戻った。

けれど、この結果は当然だと思っていた。

二人の顔を覚えている。きっと、驚いてしまったに違いない。あんな頼み方で話を聞く人間がどこにいるというのだろう。だがそういう風にしか、振舞うことができなかった。

それでしか、ジョナは自分を表現できなかった。

すると、カタカタと震える音がするのが分かった。

整然と並べられたファンデーションや口紅や化粧瓶が、振動している。

その揺れは弱いが、だんだんと確かな地響きとなるのが分かる。

白く輝く部屋の中は小さな籠のようで、その揺れはジョナにしか届いていないようだった。

ジョナは壊れたネックレスを持った。青い石のチャームは切り離され、鎖は切断されているが、それにはまだ長さがあることを確認する。

思わず、ブロンドの髪にそれを巻き付けて、ポニーテールを作った。

石をそのままにしてジョナは立ち上がり、鏡に背を向けて走り出す。

見事な真っ白いドレスを手で引き上げながら、廊下を行き、階段を上り、薄暗い通用口の廊下をひた走る。透明なガラスのドアが見えたところで、スタッフたちが走ってくる。

逃げるのか、とかさんざん煽ってとか、どうせプレッシャーだとか。

今までジョナをつまはじきにした声も、聞こえなかった。

聞かなかった。

ドアを開けて外を見ると、ここから遠くない場所で火の手が上がっているのが見えた。

吹き上がるマグマのような炎の中で、巨大なけものがビルを壊し、血を吐くように叫んでいる。

ジョナを追いかけたスタッフたちは、背を向けて逃げるために走っていった。

あの一帯は、あの子たちがこの演劇場に来る前に、必ず通らなければならない場所だ。

ジョナは炎の景色に、一歩、そして二歩と近づいていく。

するとその炎は、突如現れた光のドームに包まれ、さえぎられてしまった。何が起きているかなど分かる訳がない。

身にまとうドレスをそのままに、ついにジョナは、真っ赤な景色へと駆け出した。

後ろ腰についた大きく長いリボンが、風に揺れてなびいた。

それは、西日が落ちてすぐのことだった。

ラクルの川のほとりから、ビルすら超える巨大な魔人が姿を現したのは。

『それ』は身交わしの塔、いや魔窟が粉々に砕け散ると共に現れ、炎を上げる。

街全体に砂の波紋を起こすと、どこへともなく歩いてゆく。

既に出動していた官憲たちは、その出現前からラクルの川を中心に避難を促していたが、繁華街にはまだ人が残っている場所があった。

大通りを魔人がゆっくりと歩く。地響きが聞こえ、建物の柱が揺らぐ。

その魔人の誕生により、ラクルの川は壊された。夜の市が華やかに開かれた中心街は騒然となり、逃げ惑う人々であふれ、ビルは上階から下階へと走る人々が列をなした。

「どうしよう」

泣き続けるオムの手を引き、ルゥコが物陰に隠れている。クリンも無言で俯くままだ。

被害の最も激しい場所から四丁目ほど離れたここでは、人々の避難が終わっていた。

……彼らを除いて。

「やっぱり、帰りたいよ。ルゥコぉ」

「サリルとルティオは？」

「その二人を見つけに来たんだろ！」

ルゥコだって今にもぐずりそうなのにどうすればいいのか分からない。

大人たちはもういないし、クリンは乱暴で言うことを聞いてくれない。お母さんはいないし、猫一匹だっていない。いない、どこにもいない、誰もいない。

「どうすればいい……」

「なくな」

クリンがルゥコに手をかざす。

「泣かないでくれよ」

クリンが、鼻水をためた顔でそう言った。三人はそろって、大声をあげて泣いた。泣きつかれると、そのままとぼとぼと路地裏から通りに出る。

「ちょっと！　どうしちゃったの？」

通りの向こうに制服姿のユウミが立っていて、泣きじゃくる三人に近づいてきた。

三人は思わずユウミに抱きつく。だがユウミも突然のことにどうしていいか分からないまま、地響きでぐらつく足を曲げて、子供たちと同じ目線に身をかがめ、空を見た。どういうわけか、虹空が濃さを増していた。

「てかめちゃくちゃヤバい」

「どうしようおねえちゃん」

「逃げるっきゃないでしょ！」

ユウミは辺りを見回すが、手近に隠れるところもないまま時間が過ぎていく。

ビルの谷間から、この地震を起こしている巨大な人影が一瞬見えた。

路地裏の向こうに、背びれを光らせた魔人がいる。苦しむような声を上げて天を仰ぎ見た。放たれた真っ白な閃光は目を焼くほど強く、吹き上がる煙は粘性の泥のようだ。

想像を絶する数の砂の柱を腕から生み出し飛ばし、ビルを串刺しにして次々と倒す。

それを青の閃光が妨げ、弾きあい爆発を起こす。おそらく何者かが激しく争っている。

「こわ……」

ユウミも思わず目じりに滴を溜めだして、思わず子供たちを見た。

「一体なに……」

その時、誰かが言い争う声が聞こえてくる。


「トッシュ！」

「監視対象に近づきすぎたというのなら、警備した官憲すべてが私と同じ処遇なんですか」

「そんなこと俺に聞かれても知るかよ！　とにかくここに避難民はいない。今は非常時だ！　急いで二丁目の角に集合しろ！」

角から現れたトッシュは、仲間から捨て置かれたように立っていた。

「一体何なんだ……。どうなってる」

と言って壁を拳で叩くトッシュは冷静さを欠いて、うなだれたように壁にもたれかかる。

彼は拳銃を見つめながら懐に入れた。

それを見たユウミは、思わず立ち上がった。

「かんけんさん！　助けて！」

トッシュが子供たちに向く。トッシュはユウミと視線を重ねてそのまま立ちすくむ。

「トッシュ……くん」

トッシュは思いもよらない光景を見た顔だった。彼は俯いた。

その時、路地裏からトッシュと言い争った官憲の上司の声が聞こえる。

「トッシュ。持ち場を離れるんじゃない！」

トッシュは首を自信なく横に振った。先輩の官憲の声は彼を叱る。

「お前ほどの優秀なやつが、今日はどうしちまったんだ？」

その声に、トッシュは何も言わずに背を向けた。

トッシュは離れていくその声に従うことなくこちらに走ってくるとただ訊ねた。

「一体何してたんだ？」

「演劇場に行く途中で巻き込まれたの。トッシュくんは？」

「俺だけがどうしても、事件現場に駆け付けられずに待機を命じられていたんだ。その。サリルが……心配なんだ」

「あたしも分からない……昨日から会ってないの。騒ぎがあったのも心配で……あたし、もしサリに何かあったら」

クリンが、ピンと背筋を立てて大きく目を開け震えているのをユウミは見た。

「どうしたの、クリン」

その時、地響きが足をぐらつかせる。その声も震動にかき消され、皆悲鳴を上げる。

「かんけんさん！」

「……とにかくここから出るぞ」

トッシュはオムに答えた。ここから遠くない場所のことを考えるだけで恐ろしくなる。

「あのでかいの、一体何なの？」

「俺も分からない。けど、とにかくまがまがしいものを感じる」

その時、火の粉と倒壊するビルたちが、だんだんと彼らの退路を塞いでいく。

トッシュが路地裏へと先導し、ユウミが子供たちと手を繋ぎビルの狭い路地を行く。

「え……？」

ユウミは言葉を失った。想像以上の物の多さで完全に退路は塞がっていた。

「何とかできるか？」

「全然ダメ。荷物が多すぎる。向こうの回り道は？」

ユウミは荷物の壁に挟まる額縁を手に取るが、予想外に大きく引き抜くのを断念する。

「俺の力じゃ吹き飛ばせない」

「まって……火よ！」

ユウミは子供たちを抱え込んだ。ルゥコは誰に言うでもなく言った。

「ユウミちゃん。わたし、何かできる？」

ユウミはルゥコの髪をなでて、それから子供たちをまとめて体と頭を守るように抱く。

彼女は、立っているトッシュを見上げた。

「ねえ、どうすればいい？」

ユウミはトッシュに、すがるように尋ねていた。

彼は何も答えられず、揺らめく炎と息苦しさにつばを飲み込んでいただけ。

もうすぐここは、魔人との戦いに巻き込まれる。

「俺には……俺は」

トッシュは弱弱しい声で答えるしかなかった。

閃光と爆音に、全員が悲鳴を上げる。つい先ほどいた通りが吹き飛んだ。

爆発が収まると、ユウミは辺りを見回す。

そこには地面の亀裂と共に、紺のローブを纏（まと）った人が倒れている。

「賢者様！」

トッシュが慌てて路地から出ようとし、ユウミたちは背中を追って身を防ぎながらビルの壁越しに進んだ。トッシュが駆け寄り、賢者を抱き起す。

ユウミは壁越しに顔だけを出して通りを見た。倒れた賢者の向こうに、巨大な崖のような巨人がそびえていた。刀よりも鋭く長い爪、鎧のような皮膚。要塞のように盛り上った背びれ、叫べば地の果てまで響く唸り声、そして、赤い瞳からマグマの血を流している。

ひっ、と息を吸い込んで殺し、ユウミは壁に戻ると子供たちを隠してトッシュを見た。

「……何をしているか」

「二区交番のトッシュです。賢者様」

「どけ。貴様たちを巻き込めない」

バルディンはトッシュを振りほどいて地面に転がすと、摩法杖を魔人にかざして振る。

「大（デ）・射（シュート）」

光弾が魔人に衝突し、確かに大きな衝撃を与えた。だが鎧は貫けない。

「やはり肉体の浄化も、魔力の相殺も効かんか」

魔人がとげとげしい声で吠えたくり、暴風を伴って両手を振り上げて手を合わせた。

「伏せろ！」

賢者に覆いかぶさるトッシュが見えて、ユウミは子供たちの上に倒れた。

凄まじい音が聞こえて、見上げるとユウミのいるビルの上階が見事に吹き飛んでいた。

さらに青いガラスの壁が、ユウミたちを覆っていた。賢者の摩法だ。

魔人は一帯のビルに衝撃波をもたらして静止し、再び動き出す。

「もはや、醜くあがくことしかできんか」

呟き、再び賢者は摩法杖から光弾を放つが、体力を絞られたそれは滴でしかない。

「お前たちは行け」

「賢者様、もうあなたの体がもちません」

賢者は摩法杖から真鋼の刀を抜き放つと、厳しい言葉でトッシュに言い放った。

「だから何だというのだ」

トッシュは唇を震わせた。賢者は立ち、トッシュの前に出る。

「もはや災厄のくびきは放たれた。元に戻すことはできん」

「賢者様！」

世界がひっくり返るような衝撃。トッシュの腰が浮き、地面にたたきつけられる。

見上げると、こちらを見下ろした魔人の瞳から、赤く光るマグマの血が落ちる。

空気に触れて鉛になって、地面に衝突してトッシュたちの身体を掠めた。

塔のような腕を振りかざした時、誰もが死を予感した。

「壮（グラド）・瑠（ルウ）・断（シェイド）」

輝き、ほとばしる光の渦が巻き起こる。トッシュも、ユウミたちも吹き飛ばされた。

ようやく衝撃波が収まり、体を覆い被せていたユウミの体から、ルゥコが這い出る。

彼女は凪に赤いワンピースをなびかせ、路地の向こうへ走り二人の子も追っていく。

ユウミは、声を絞り出す。

「あ……だ、め」

ユウミは全身の痛みで立てず、何とか路地から顔を出した。

見ると賢者が光の中で、身体を震わせながら耐えていた。

視線の先には、青白い光に魔人の腕が封じ込められ、もがいていた。

光のガラスが振動する。魔人の拳が、何度も振り下ろされその度に摩のガラスの屋根がきしんでいくのが、この場の誰にも分かる。

だがそのさ中に、ルゥコは通りに出てしゃがみこんだ。

思わずユウミが追いかけると、ルゥコの手には、ねばついた膜に覆われた金属の道具があった。

ユウミは思わず口に手を当てた。

ハサミだ。

整然と楕円の葉があしらわれていて、金色に輝いている。

魔人の体内に取り込まれて、それが衝撃で落ちてきたのだろうと分かった。

「え……。そんな。うそでしょ。ねえ…そんな、こんなことって」

トッシュはうつむく。そしてルゥコたちに黙って首を横に振って、ユウミのところへ返す。

「トッシュ!」

ユウミの言葉に、誰も答えない。

「サリなの……?」

言葉のないルゥコから受け取ったハサミに向かって、ユウミはそう言った。

透明な壁の向こうで、行き場をなくし、退けられ、攻撃され、いるだけで何かを破壊する巨大な魔人のかすれた声が、虹の混じる夜空とおぼろげに浮かぶ満月へと轟く。

このしゃぼん玉のような力場の、向こうにある夜空。彼女は、そこに手を伸ばす。

「お前たち、早くここから去れ」

「嫌です」

トッシュは、ルゥコたちを抱きしめながら、絞り出すように言った。

「いやです!」

「ならば誰が護る…この街を。このことを知ったお前たちを」

「賢者様。あなたは、一人で責任を背負い込もうとしているんでしょう」

「愚問だな。トッシュ」

「サリルには、父親がいなかった」

賢者は、いや、バルディンという男は悲しげに笑った。

壮（グラド）の摩法が勢いを増す。それは賢者の体力を残らず搾り取るように猛烈な光を発していた。その光は、使用した者を骨と皮のみにするまで放出されてゆくように見えた。

「死んで当然だ。実の娘を、このような化け物にしたのだ」

もう一度吠えた魔人の声は、再び獰猛さに満ち満ちた。

彼は川底の『棺』に収められたサリルを救うことにも、人々を救うことにも失敗した。

銀色の少年を倒した後、バルディンはすぐにこの街の最高機密の場所へと急いだ。

今はもう無くなって久しい、いにしえの死の儀式の場所。

そこは川底の棺であり、火葬場であった。そこに納められてしまったサリルを救うため、バルディンはその自動機能を停止させると、闇が支配する場所へと入っていった。

まだ間に合うと信じていた。

「おとうさん」

知ってか知らずか、助けを求めたのか……サリルはバルディンにそう言った。

だが既に彼女は体中を橙色に光らせ、血管と刺青のような魔紋を完全に浮かばせていた。

「こないで……」

彼女の周囲で嵐が起こる。

「おねがい」

賢者はその声にすら身を屈めることしかできなかった。

代わりに、この道を作っていた構造物が、破壊されながらサリルの作る嵐に巻かれて、胎児のようにうずくまる彼女の体に集約されていくようだった。眠っていた人々の無念が目覚め、溶岩にも似た赤熱のエネルギーが彼女の体を依り代にして流れ込んでゆく。

歪んだ閃光と疾風が視界を遮って、もう彼女は見えなくなった。


人間である彼女の姿は、もうない。

川を割り高くそびえた魔人は、どこにも行き場を無くしてさまようだけだ。

賢者は、絶望が人を変えてしまうように、一度でも人が魔人になったなら二度と元には戻れないことを知っていた。だから、かつてはその気配のある者たちを捕らえ、人柱として川の底に沈める儀式……『鎮めの儀』を行わねばならなかった。

そこから百年の歴史が流れて現在。

少しずつ不均衡や病といった悲しみを生み出す仕組みが見直され、それは不要となった。

議会ができた。生活を改善し、暮らしに余裕が生まれ、平和を取り戻していった。

ただ『魔窟』は、未だ無念を残した人々の想いが蓄積された場所であった。

取り壊すことはできず、だから名を改め『身交わしの塔』となった。

魔窟に入れば、誰もが瘴気を喰らう。だから魔人になりそうな者に対しては、儀式で記憶を奪った。それでも、命が失われるよりはましだ。

賢人たちだけは、忘れてはならなかった。就任の際ここを必ず訪れ、歴史と対面する。

それは統治者のみが背負うべき戒めであり、同時に禁忌。

触れてはならない記憶。己の中に魔を封ずる者……ラウ族の定め。

すべてそれを記憶し、護るためのものだった。

「自分が知るだけで十分だ。悲しみに出会わせたくなかった」

そのために今の地位を得た。にも拘らず父は、娘を守ることができなかった。

長くきっかけを待っていた禁忌の意志は、喜々として娘の心を喰らっただろう。

魔人によって氾濫した落涙（ラクル）の水は『鎮めの儀』を執行した機構を水底に沈めた。

次の標的がどこかは、察しが付く。

賢者は、理不尽を呪う人の意志がどれほど恐ろしいかを知っている。

魔人はここから魔窟に向かって歩き、そこを気が済むまで破壊するつもりだ。そうなれば災いは放たれ、邪気が形を帯びた魔物が大量に生まれて人々を襲い、街の命運は尽きる。

バルディンは燃え始める街の一角に立ち、魔人の顔に浮かび上がる赤い瞳を見つめた。

「すまなかった。お前のそばにいてやれなかった」

光と化したバルディンは、そう赤い涙を流す魔人に言い、ユウミとトッシュに向いた。

彼は、光の激流に体を震わせた。バルディンは彼を賢者たらしめたローブを脱ぎ棄てた。

「だがこのままこの子だけを苦しませたりはしない。もう引き返せぬなら……私は娘を抱いて死ぬ。だから、娘の友の君たちに、そんな姿を見せたくはない」

バルディンはただ、魔人へと歩いていく。

「この街を滅ぼさないために」

トッシュは光の奔流の中で、子供たちに覆いかぶさっていた。

「止めてくれ。……お願いだ、やめてくれ」

ユウミは震えながら、壁にかけた手を離した。見たのだ。

天空から、闇に一本の真っ白な尾を曳いて光が現れるのを。

それは銀色の流星に見えた。白い光が消えた時、円盤が空中に静止していた。

その上に立つ人の衣は、頭をも覆う濃緋色（クリムゾンレッド）のローブで覆われていた。

「死んでいなかっただと……」

「あれはいったい」

「銀のルバス。我らラウ族を敵性種族とみなし、狩る者どもだ」

「何でそんなことを……」

「我々が魔人の性を抱く故。それと対抗するために人が造った神の子だ」

「だからあなたは、彼を殺そうとした」

「そうだ」

「苦しかったでしょう」

「それでも、この身が砕けても、滅ぼさせはしないと信じていた」

賢者は唸るように叫びながら、剣を天空に振り上げた。

バルディンは体中から放出される自分のエネルギーに身を任せ、深く呼吸した。

「壮(グラド)・雷(エレ)・嵐(ストロルム)」

バルディンは閃光の竜巻を起こして、空に張っていた紺碧の光のガラスを粉々に砕く。

破砕したガラスを含む膨大なエネルギーの竜巻は、銀の円盤を完全に飲み込み、そして消えた。

しかし、賢者の摩法は何の意味もなかった。銀のルバスは片手の平を開く。

円盤は空に滞空したまま一つの揺れさえない。逆巻く嵐のエネルギーは、白い光の中に吸収されていく。賢者は果てた。力尽き、膝を折り、刀を杖にして倒れた。

トッシュは賢者に肩を貸し走ろうとするが、その重さに、手もつかず倒れてしまう。

銀のルバスはこちらに視線の一つも向けずに、ただ無表情に魔人を見ている。

「お前は……」

一閃。

向き合ったままがっちりと組み合う。

巨大な青い弧を曳く白銀の刃。そして紅蓮の弧を空に刻む黒く燃える爪。両者は拮抗して火花を散らした。離れて、二、三度打ち合うと、ガラスを叩き壊したような衝突音が周囲に広がって、衝撃波が突風となって吹き荒れた。

トッシュはユウミたちのところへ、何とかバルディンを運ぶ。

炎が突風にあおられて吹き荒れ、怯え切った子供たちをユウミが護っていた。

トッシュはいてもたってもいられず振り返り、上空に向けて叫んだ。

「その力は俺たちを殺すためだったのか！　自分を守るためだったのか！……お前は」

トッシュは膝を折って、俯く。

「ヒーローじゃなかったのか」


ユウミは、子供たちを背中にして、前に出て、トッシュを見つめていた。

「ユウミ。すまない」

ユウミはトッシュを見つめたまま、首を横に振った。

「逃げっぱなしの人生だった。何も見つかりはしなかった」

魔人が呻き、そして叫び声が聞こえる。

同時に青白い光がほとばしり、炎に占領されたこの場所で鮮烈に輝く。

「俺は、優秀なんかじゃない。中身なんて空っぽだ。君が尊敬するような人間じゃないんだ。今も怖くて、仕方がないんだ」

振り返って炎に向くトッシュの背に、ユウミは額を付けて唇を震わせた。

そして、言葉を揺らした。

「あたしもそう」

ユウミはトッシュに歩み寄る。

「私たちのためになんて、言わないから」

ユウミの声は優しさに満ちていた。

「だけど、あたしにはサリルに任されたこの子たちがいるんだ。友達がいるの」

トッシュは黙ったまま、吹き上がる炎を見ていた。

「トッシュくん。もう、最後かもしれないから」

ユウミは言葉を紡ぎ、後ろからトッシュを抱きしめて、額を背中に付けた。

「あたしね。サリルとジョナと。自分を比べてたのかもしれない。けど、あの子と同じになる必要なんて最初からなかった。だってあたしには、友達がいるから。……あなたがいるから」

「ありがとう」

上空で繰り広げられる戦いに向かって、彼は歩き始めた。

「好きだ。ユウミ。俺が立ち上がるには、それで十分だ。……返事は、いらないよ。そうすれば。俺が死んでも君は、困らないだろ」

その言葉を残し、トッシュはユウミから離れ、そしてユウミを残して炎へと走っていく。

「その時は、一緒だよ」

ユウミは風にその言葉を舞わせ、顔を両手で覆った。そして託された子供たちを護るために、彼らの小さな手を引いた。

閃光と瓦礫の崩れる音が戦場を支配していた。

魔人の爪が即座に薙ぎ払おうとするが、直前に銀のルバスは円盤から跳び下りた。

腕を振ったその手には、巨大な剣が握られていた。

銀のルバスは既に円盤に乗っていて、次には魔人の懐にいた。剣を下から振り上げると、魔人の腕は簡単に斬り落とされ、断片からマグマが溢れ出す。凄まじい叫び声。

魔人はもう片方の手でやみくもに爪を振るうが、やがてうずくまると背びれから砂の柱を吹き上げた。銀のルバスはそれらを見切って、何度も剣を振っては柱の真ん中を斬り、砂にした。再び爪が乱暴に振られると、剣と交わって火花を散らし、互いに振り抜いた。

銀のルバスが体を回転させる。

剣はその間に変形し、両手で持つほど大きなハンマーとなって魔人の胸に打たれる。

魔人がよろける。銀のルバスが追う。

銀のルバスが武器から手を離し、両手を広げた。ハンマーは空中で砕け、巨大な二対の釘になって空中に静止する。銀のルバスが広げた両手を交差すると釘がまっすぐ飛ぶ。

肩を刺して魔人をビルに打ち付けた。魔人がもがき、肩に穴を開けてでも腕を自由にしようとするが、動けない。銀のルバスは円盤から足を離し、空中に静止した。

足から白い光を発したまま片手を掲げると、銀の円盤が変形し、天を衝くように上を向く腕に装着される。その砲口から白銀の光が天へと伸びて、そのまま虹空を衝いた。

鍵盤が砕けるような音。虹空に大きなひびが入った。

小さな世界の頂点が、まるで卵の殻のようにはじけ飛ぶ。それをこの場の誰もが、なすすべもなく見守ることしかできない。

寒気が入り込もうとしている。

本当に根絶やしにするつもりなのだ。

力場が壊れれば、ここは砂の嵐に沈むしかない。

腕を下ろせば、力場を発生させていた機能は死ぬ。ユウミは思わず自分の目を覆った。

その時、ユウミはすぐ隣を、風が通り抜けていくのを感じた。

顔を上げたそこには、赤いワンピースのスカートが揺れていた。

「……怖かったでしょう？　ごめんね！　もう、泣かないでいいの！」

ルゥコが、がれきの中から叫んでいた。

「まじんさん！　わたしよ！」

ルゥコは白い光の熱さと輝きにつまずいて、よろけて、また立ち上がった。

「わたし、ルゥコ！」

ルゥコは自分の名を言い、おぼつかない足で魔人を追いながら、もう一度叫んだ。

「知ってる！　あなたのこと。ルティオも、きっと分かってる！　きっと、目が覚めたら、あさよ！　ひかりが、くるわ！」

魔人の動きが、徐々に鈍くなっていく。

まさか、誰も想定していない。

ルゥコは腹から息を吸うと、壊れてかすれた大声で、彼女の名前を呼んだ。

「サリル！」

「ルゥコ……？」

はっとする。

彼女は気づけば、黒い人の群れの中で、歩いていた。

閑散とした街は、彼女がかつていた景色と違う。夜も間近の夕闇に、黒い影がたくさんいて、
彼らはごく自然に生活をしているようだ。

そして自分も、しばらく彼らと、同じ生活をここで営んでいたことが分かる。

「……こ、ここは」

人の群れはサリルに何も教えてはくれない。しかし、彼らもここで暮らす。

皆虚ろな笑みを浮かべているが、その顔はあたたかさに満ちている。あたりは夕日が差してい
て、影のコントラストが重かった。

みな優しく、サリルの涙を拭いてくれたのだ。

彼女は直感した。

彼らは皆、あの夜迷い込んだ祠の壁に描かれていた人で、命を奪われた生贄たちだ。

その人たちが暮らす世界が、あの川の暴れまわる水流の中から、自分を呼んだのが分かる。

人々のために人生を投げだし、または投げ出された人。戦いに身を投じた幾多の人々。

あの時、嘆きの祠で涙があふれて、止まらなくなった理由を知った。

ここは遠い昔のオノコロ。彼らも己の運命に飲まれていった人々だと直感する。

そして自分も。

「そう……そうなのね。みんな、わたしと同じだわ」

もう戻れない、ずいぶん遠くの場所に、来てしまったのだ。

今はもう存在しないオノコロの、旧き街の中からサリルは虚ろに答えた。

「ルゥコちゃん、私ね。生きるの、やになっちゃった。だからそこにはもういけない」

サリルは手の平で、視界を覆う。

「ダメだよね。反則だよね……。ごめんね」

サリルは両膝をつき、自分の肩を抱えて俯いた。

背後から声が聞こえた。

「おやまあ、どうしたんだい？」

サリルは思わず振り返った。

「いと小さきもの……しかし、この世に一つしかない心を持つ者よ」

杖を衝いた老婆が、そこに立っていた。サリルが見たこともない人だ。

だがどこか懐かしく、初めて会った気がしない。

「こんなところに、生者が来てはいけないよ。サリル」

「あなたは誰？」

「あんたの一番身近な人間に最も身近な人間だった、と言っておく。……どうしたんだい」

「疲れてしまって」

「うん。いつもあんたを見てた。いろいろと辛かったね。無理もないよ」

「もう、止めてしまいたかった」

老婆は、サリルを抱きしめた。

「生きるには辛すぎたんだね。休んでいいのさ。あんたの気が済むまで」

サリルは、老婆の胸を借り、温かく、そして優しい感覚の中で体を解いた。

老婆はサリルの中から何かがこぼれ出るまで、ずっと黙って抱きしめて、待った。

「……思い出せないの」

「翼の飾りはどこだい？……あの意匠(デザイン)はいいもんだよ」

「もう、ないの。わたしなんかに飛べるはずがないとも、思ってる。……自分が嫌いで仕方がない。何でこんなことを願ってしまったのかも分からない」

「そうかい。なら、髪結いのこともつらいね」

「何も考えられない。それでも、今まで何かに引っ張られて生きてた。それもつかれた」

「やれやれ。その言葉。母親そっくりで、いとおしいよ。お前が生まれた頃、あんたの父親は官憲の署長だったた。あの怖い顔が涙をだらだら流して。だけど仕事で行けずにね。母親は腹を立てた。けどその腹を割ってあんたが生まれた。クリシャはね。『おばあ。この子は天使よ。背中に翼が生えるわ。必ずそうなる』と言った」

「ほんとう……？」

「日記に書いてたつもりなんだがね。……何と思ってたんだい？」

「自分は生まれてはいけない子だって」

「それは誤解だ。でも、だからあんたは無理した。背伸びもしたね。もうそんなことしなくたっていいんだよ。だって誰かがあんたの代わりになるのは無理だ。あんたのつらい思いも、安らいだ思いも、どうにもならないことにだって……意味があるから。今は小さく見えるだろう。でもそれでいい。未来はいつかその向こうに現われる暁だ。それを望むことを諦めない者だけが切り開くものさ。小さい身体で頑張ったあんたと、あんたがこうやって気付くまで頑張ってくれた大切な友達たちのようにね」

おばあはサリルの肩を抱く手と同じほどやさしい言葉で、こう言った。

「人間は機械じゃない。心は壊れても再生する。大切な記憶を引き継いで。使い捨てなんかにはならない。生まれた重さより重いものなんて、ありはしないんだ」

思い出した。

「ごめんね、ごめん……。おばあ」

サリルは、髪結いの夢をあきらめていて、それでまた立ち上がって、ルゥコを助けた。ユウミと一緒に、ジョナを助けた。母と仲間を助けた。ルティオと一緒に、道を探した。だけどあのままでは、結局同じだっただろう。

私は挑まなかった。母親にも、料理長にも。現実にも。その心が母さんの夢もあきらめさせてしまった。勇気がなかった。今、はっきりとそれが、分かってしまった。

「サリル、もう一度聞こう。……大空を飛びたいかい？」

「飛びたい」

「うん。なら自分を、信じてあげな。きっとできるはずさ」

サリルの胸のポケットが、輝いている。こぼれ落ちそうになったその光を、しっかりと掴んだ。手の平に、翼のチャームと紺碧の石のダブルブローチが光っている。

「これ。私の心だって聞いたわ。意志の、石だって」

「あー？　ああ、それかい。そんなものはただのくだらん石ころ。モノはモノでしかない。要するに、カネと同じと思ってもいい。そう言や私は生きてる間、カネの亡者だった」

おばあはけらけらと笑う。サリルは目を丸くしておばあを見た。

しかし、静かになると、彼女の声は小さくなる。

「それがクリシャの、金に対する心配性を作るきっかけになってしまった」

そのおばあの、静かな後悔の顔をサリルは、黙って受け止めるように見ていた。

「だから。聞いておくれ、サリル。確かにこれから行く先々で、それは力を示すだろう。だがそんなものは本質じゃない。人よ、自らを骨と皮だけの空しい存在だと思うなかれ…とえらい人は言う」

サリルはヘアブローチを胸の前に握って、石を見た。

「それがどんなに力を示そうと、それがどんなに輝こうと、あんたのその、やさしい心の力と輝きに勝てるものなどないんだ。その意志を忘れれば、意思は石に飲み込まれるしかないんだよ。でもあんただけじゃない。皆そうして、忘れては思い出し、そして大切なものを見出してゆく」

「そっか」

「うん。それが、分からなかった。だからかつて、魔を封ずる者たちは一度滅びた。他でもない自分の手によって。力をわがものとしすぎた。力を、敬いも怖れもなく振りかざした。盲目だった。誰もが互いを信じなかった。それが、お前が両の目で見た壁画の真実。我が一族がかつてその手で作りだした暗黒。だから、優しいだけじゃない、強い心を鍛えるんだ。点滴石(てんてきいし)を穿(うが)つまで。そう。心こそ天使の涙でできていることを、忘れないでおくれ。

残忍な判断が下る前に、すべてが終わってしまう前に。今、その分かれ道にお前は立っている」


止まった。


魔人の動きが、全く止まってしまった。それから魔人はビルを巻き込んで溶けだし、黒い塔となって空へと伸びてゆく。銀のルバスの光の柱と魔人の黒い柱がオノコロに立つ。

それで、小さな反抗も終わった。

赤いワンピースが風に揺れ、幼子は泣いている。うずくまって。

彼女の心の声が入り込む。

届かなかった。サリルは出てこなかった。

銀のルバスは立ったまま、光の柱を振り下ろそうとしているだけだ。

路地裏から走ってきた官憲と少女が、魔人の塔に向いている。

彼らの声も聞こえてくる。
もうだめかもしれない。この街は滅ぶ。
魔窟が紫色に光る、その光が通りに届く。
彼らを間もなくおびただしい数現れる魔物の群れが囲むだろう。
少女は必死に幼子をかばって逃げようとして倒れ、そのままその子を抱きしめて泣く。
しかし少女の懐から出て、幼子は立ち上がり……魔人の塔をぼう然と見ていた。
銀のルバスは高き天空に立ち、地獄の地上を見下ろした。
官憲の男は、歯を食いしばってこちらを見ていた。
「俺は、お前と戦うんだ」
勝てるわけがない戦いを、男は挑んでくる。先ほどの弱い賢者と同じように。
感じる。彼の恐れ、怒り、そしてそこへと掻き立てる理不尽の想いを。
背中に背負った、小さく儚い命の鼓動たちの事を。
『雷(エレ)』
だが余りにも細く弱かった。筋のような雷のエネルギーは光に吸われて、終わった。
『対象を排除。精神変質、獣化(ビースト)レベル上昇中。即応せよ』
銀のルバスは腕のロックを解除し、衣をなびかせ、炎が支配する地上に降り立つ。
腕をマグマ色にうっすらと光らせ、魔人になりかけたこの男を殺すために。

腕に電流が走ると、官憲を突き飛ばしていた。

掻き立てられ、片方の拳が握られる。すぐさま耳元まで拳を掲げた。

官憲の無防備なのど元が、露出していた。

促す脳が、従う腕が、震えている。

「お前の名はデオン。銀のルバスと崇められた存在。……人が造りし神の子である」

声が、男の命を絶てと要請するエレクトロが、滝のように流れてくる。

「その者共は、生まれながらの罪人。今ここで殺し、裁きの狼煙(のろし)をあげよ」

デオンは、震える両拳で官憲ののど元をつかみ、締め上げて天に掲げた。


「ルティオ」


声がする。

何故か、目の前に彼女がいた。

サリル。金色の風をまとい輝く、彼女の姿を見た。

その夢幻の中でサリルは目じりを寄せ、口角を上げる。

頬から一筋の涙をこぼして。

「わたし、あなたが思うみたいにきれいじゃない。きたないわ。だからきっと……あなたをがっかりさせる」

あの屋上の月の下で、初めて心を通わせた時と彼女は何も変わらなかった。

ルティオは思う。

……ぼくも君を、がっかりさせてしまった。

「そっか、わたしたち、一緒だね。空から落ちてきたみたいに……ぽーんってどこからか生まれたのかな。きっとそうね」

ぼくもそうだ。おかしいだろ。

こんな時に、ぼくは自分が何でこうしているかも分からないんだ。

そうだ、思い出した。

ぼくは、君に笑っていてほしかった。

君に、笑いかけることができたらと願っていた。

でもできなくて、君みたいに自然にやれなくて。

「でも、今夜……ルティオも一緒にいてくれてよかった」

ぼくも、君と一緒にいられてよかった。

この街にたどり着いて幸せだった。この街も、人も幸せになってほしい。

なのにぼくの体は冷たくて、何も感じることができない。

だからできるのか。君の命を奪うことが。

今まで……そうやってきたのか。

「風と旅をしてきたしるしなのね」

サリルが、ぼくの頬にしなやかで細い指をつたわせた。

彼女はぼくの体が何でこうなのか知らない。

君にとっては、些細な言葉だったかもしれない。

でもぼくは、その一つひとつの言葉に驚き、うれしくなり、悲しくもなり、悔いてもいた。

君がくれる感情は、この冷たいぼくの体にあたたかい光をくれた。

この街の屋根の上から、風を感じた。

そして見たこともない景色に魅入られたことを覚えている。

一人ひとりの言葉を、ぼくは覚えている。

耳に届く、声を。


彼は、サリルの首に手をかけていたことに気付く。

そして流せるはずのなかった涙を流して、両ひざをついていた。

長らく視界を覆っていた濃緋色のフードは、風に巻かれて後ろに倒れた。

見上げると輝きの中でサリルが、手のひらを頬に重ねてくれていた。


「あなたの中には、すてきな心がある。わたしには、それが分かるの」

これはぼくの中にある記憶。君と人々と、この街で過ごしたぼくの、人としての記憶。

「……あなたを信じてる。だってあなたは、ヒーローなんだから」

サリルの姿は、天のしずくを散り巻いた風に吹かれ、光の粒子となって消えてゆく。

ルティオは両腕で彼女を抱きしめたままだった。

彼女が消えるまで、ルティオはぬくもりを感じ続けた。

やがてつむじ風がサリルを光の粒子に変えて、完全に空へと散ってゆく。

ルティオは、はっと我にかえった。

「ルティオ……。おまえ、一体」

抱きしめていたのは、官憲のトッシュだった。

ごめん。そう思って彼の身体から手を離すと、彼とルゥコとユウミがいるのに気づく。

あれ？

自分の頭に、雨がひとしずく落ちた。それから肩に落ち腕に落ち耳に落ち、鼻に落ちた。

「天使の涙が、ふってる」

手の平を上にしたユウミが、横顔をこちらに見せて、泣いていた。

炎の街に、天から大量の雨が降る。


「認識をやり直せ」

その声が響いたとき、思った。……一体、ぼくは何を見ているんだろう。

ここが、夢の中のように実在感がないことは分かる。頭の中が、だまし絵のような。

現実と意識が混ざる空間なんだと思う。だからこの会話は、誰にも聞こえていない。そう思っている。確かにそう考えている。……けれどその思いはずいぶん淡々としていた。トッシュも皆も、不思議そうにこちらを見ているだけ、という周りの反応で、ルティオはそれを自覚している。

再び、視界は暗転した。

彼の意識は、彼を支配していた意識と対峙する。

「やはりどうしても感情が差し挟まっている。客観的事実に基づいていない」

脳に宿る声はそう言った。

「事実ではないよ、デオン。認識をやり直せ。これでは任務を遂行できない」

「デオン？　ぼくの名前はルティオだ。サリルは、彼女はそう言っていた。その、客観的事実ってなんだい？」

ルティオは首を傾げた。

「彼らが遺伝的に最悪の因子を持つ、淘汰されるべき存在だと判断されたことだよ」

「遺伝？　因子？……ごめんね。ぼくは自分の名前もサリルにもらったくらいだから」

「うーん。やはり精神が生きているな。認識が感受性に基づいて歪んでいる。そうか。君、恋しただろ」

「恋？　うーん、よく分からないけれど、サリルのことは好きだよ。皆も好きだ。だから傷つけたくないんだ。今のぼくの、お願いを聞いてくれるかい？」

「なんだい、デオン」

「今ぼくが立てたあの光の柱を下ろしたら、どうなる？」

「そこにいる街の人々は、幸せになるよ」

「どう幸せになるの？」

「この世界から消えることで、苦しみがなくなる。きれいさっぱりと」

「それは、やりたくない。他の方法はないの？　そうだ。サリルを元に戻す方法はないの？　優しいんだ。あの子も皆も傷つけたくない。早く家に帰って、食べ物を食べてゆっくりと寝て、暖かい布団で」

「ない。他に方法などありはしない」

「ぼくはこの振り上げた手を、静かに下ろしたいだけなんだ」

「そのまま下ろすしかない」

「君は一体誰だい？」

「君をここに遣わした存在だと言っておこう。記憶が無いのか、仕方がないな」

夢の中にいるルティオの目の前に、虹色の光がほとばしる。

暗闇の中で、光は羽根を持った人の姿になった。

「あの夜出てきた妖精は、君だったんだね」

「そうだよ。僕は君を統御する知能だ」

「どうするつもり？」

「遺伝形質的に確かな証拠がある以上、奴らの消滅以外にこの世界を守るすべはない」

「……思い出した。君は『ＣＡＭ(カム)』だ」

「そうとも。君を監視し指示を与え、適切なプログラムにのっとって世界を守ってきた。人が造りし神の子である君が、世界を維持するための働きを果たせるようにね」

「そっか。ここに来る前は君といたんだね。でも、何でこの街にぼくを？」

「君はアクシデントを起こして墜落し、我々の信号が届かない場所に落ちたんだ。しかし、こんなところにここまで高度な都市があるとは予想していなかった」

「ぼくを導かなかったのはどうして？」

「計測の為だ。魔人の性は遺伝的なもので、生物学的にイレギュラーなものだ。ここまで大量のサンプルが揃った『巣』なら、生物学的に普通の人間との感受性の違いを実証するような実験がまた可能になると期待された。かつ、ここにある鉱石のサンプルは巨大だ。奴らがコゴルスの石と呼ぶ、あの石がね」

「だから僕ははじめ、皆の石を奪おうとして」

「そうとも。それ以外にあえて指示を与えなかった。殺すという指示もしなかった。何も知らない君を野に放ち、泳がせ、様子を見、観察の媒介をさせたのさ。だが、足元で虫と群れている間に君まで愚鈍になってしまったのは予想外だったよ」

「サリルは、皆を守りたかっただけだよ。僕があこがれてしまうほどに。彼らは人間だよ。皆笑って、泣いて、苦しんで、悩んで、喜んで。……そうなりたかった。ぼくは機械の身体だけど、そうなればいいと思っていた」

「デオンにはデータのバグが起こっている。事実に、精神と感情が差し挟まっている」

「精神っていうものがあるの？」

「本当は肉体と精神を切り離し、最高の超人（サイボーグ）を生み出す計画だった。一方で、脳に電気を絶えず流すことで人間の精神を弱め、感情を消すことができる」

「でもそれはできなかっただろう。ぼくがこうして君と離れて自分で考えているように」

自分の身体を、銀の円盤が追いかけてきて、取り付くのが分かる。

自分の腕が、自分の言うことを聞かず装置のロックをかけようしているのが分かる。

「我々に逆らうのかい。デオン」

「ぼくは君を友達って思ってる。できれば、裏切りたくない」

ルティオは円盤を拒絶した。腕がちぎれるかもしれないが、それは構わなかった。

「二つに一つだ。デオン。どちらも守ることなどできはしない」

「だったら、今は何にも感じないより、感じていたい。何もかも、冷たくなってしまうより、よっぽどいい。ぼくはそうしたい。君にはとんでもなくおろかしい世界にしか見えないかもしれないけど、つらい目にあったり、ひどいやつに会うかもしれないけど、ぼくは心を持ちたい、人間の心が欲しい。それがあれば、ぼくはもっと早く……サリルを助けられた」

こちらから見える傷ついた魔人は、もう反撃の能力も、歩く力さえないように思えた。

「かわいそうだ。デオン。全員人の皮をかぶった悪魔だ。君が殺してきた多くの魔物と同じ……あいつは、こんなにも恐ろしい敵さ。かわいい子だっただろ？　でも後ろめたい嘘を君についていた」

「ぼくにはそうは思えない」

「もとにはもう戻せないぞ。君が追い詰めたのだからね」

「だったら、彼女が暮らしていた世界だけでも守りたい。彼女が生きた記憶を残したい。サリルは優しかった。ぼくも優しさを失いたくない。たとえそれが何百回裏切られたとしても。

僕の名はルティオだ。サリルがそう呼んでくれたから。今の僕はルティオだ」

無意識に強くなった肩の緊張を抜くと、自分の腕を自在に動かせるようになった。

銀の円盤を殴りつけると、円盤は飛んで地に伏した。

「おいおい。電気信号（パルス）を拒絶したな。一体どうなってる」

「分からない。僕には信じることしかできないから。けど、人はみんな朝日をみたいはずだから」

ルティオは、カムを見捨てたくはなかった。

彼に思いを伝えたかった。

「僕は彼女を愛してる。この街の皆も、愛してる」

「愛したところで、一緒になどなれない」

「それでもいい」

「……そうかい。ならもう、君はいらないよ」

「ぼくは君を止めなきゃいけない。ぼくは、死んでしまっても構わない。彼女も皆も守れないなら、あの時雷に打たれて……死んだ方がよかったのかもしれない」

カムは両手を組んだまま飛び、ルティオのはるか頭上で彼を見下す。

「ずいぶん愚かだな。……なら、やってみるがいいさ。できるもんならね」

そのまま、カムが天へと飛んでいく。

その姿が見えなくなったとき、はっと我に返った。


はるかの高みから、白銀のカプセルが七つ、浮かび上がった。

降りてくる。真っ黒い影を落として。真っ白い紙に究極に垂直で正確な線を曳くように。

トッシュたちは気付いていない。ユウミもルゥコも、オムもクリンもルティオに近づいていた。

「どうしたんだ、ルティオ？　白眼向いたり、首を振ったり、でたらめに体を動かしたり……」

自分の手指も、腕も、足も動く。……自由になったけれど、皆が危なかった。

トッシュ、身体の光が消えて良かった。さっきは突き飛ばしてごめんね。そこを通るよ。

トッシュたちから数歩離れた場所に立つルティオの周囲で、雨と鮮烈な炎がゆらめく。

「ルティオ。助けて！」

ルゥコの声。

ルティオは濃緋色の衣を片手で掴むと、一気にはがして風と滴と共に飛ばした。

輝かしい銀色の鎧をまとい、帯のようなローブが肩にも腰にも長くたなびいた。手首に、魔人の足元から飛んできた銀の腕輪が装着されて、虹色に輝き、そしてローブに石と同じ、紺碧色（アジュールブルー）のラインが走る。

するとルティオが今いる場所を中心にして円を描くように、天空から七つの白銀のカプセルが下り、変形しながら本来の姿を現した。

彼らのことは知っている。

レギオン・ヴェゼル。本来、デオンが率い、文明を滅ぼすはずだった白銀のしもべだ。

ヴェゼルは、滑らかな金属の肢体を得ていた。筋肉も骨も太い男性のような形だが、顔はマネキンのように滑らかな曲線だ。そこに、真っ白い光の模様を浮かび上がらせた。

ヴェゼルは早くも腕を変形させ、幾何学模様を重ねながら銃を作りはじめる。

魔人の塔を背に、ルティオは向い合せに立つ。

炭素（カーボニック）ボディの腕を真横に振ると腕輪が外れて空中に放られ、回転する銀の玉になる。掴む。

拳を正面に突き出すと電光が走る。ルティオの掌で回転していた銀の玉は止まった。


まるい心のままに。

玉を振り下げると巨大な丸盾になり、二機のヴェゼルの光子エネルギー弾を防いだ。

しかし、弾は何発も凄まじい威力で盾を押し、ルティオの足はアスファルトにめり込み、つま先で地面が彫られていく。後ろにはユウミと子供たちと、トッシュがいる。

「しんじゃダメ！」

ルゥコがルティオの足に抱きついて叫ぶ。

ルティオは盾へとまっすぐに拳を衝いた。丸い盾が跳ぶ。ぐるぐると回って傘のように閉じ、鋭利な槍になって飛んでヴェゼルを串刺しにし、ひざを衝かせていた。近づく。勢いのままその膝をステップに跳び、刺さった槍を掴んで振り抜いてヴェゼルを通り過ぎ、立膝を衝いて地面に立つ。

胸から頭が斬り裂かれたヴェゼルがあおむけに倒れる。

しかしヴェゼルは再び足の炎を吹かして飛び、ルティオの胸ぐらを掴んで放り投げる。

今いた場所が凄まじい勢いで遠くなる。トッシュが吹き飛ばされるのが見えた。

「ルティオー！」

オムが呼ぶ声が遠くなっていく。別のヴェゼルがオムをさらっていくのが見える。

ルティオは空中を飛ばされながらもビルの壁面を掴んだ。一回転し姿勢を安定させる。

二つの足で着地。そこは銀の円盤の表面だった。瞬時に円盤が凄まじい速さで空を駆け抜ける。

ルティオは斜めのまま疾走する円盤をボードのように使い、カーブで慣性力を相殺する。そのまま円盤から足を離して空中で腕を振った。

円盤が銀色の鋭い弧を描いて飛び、その先で銃を向けていた半壊のヴェゼルに直撃すると、腰から二つに両断して、墜落させた。

一つ目を倒した。

ルティオは銀の円盤がこちらに戻ってくるのを見た。ルティオは地面から跳び上がって回転し、その勢いで銀の円盤を蹴りつけた。横の力を受けて凄まじく回転した円盤が真横に一直線に飛び、その末にオムを誘拐した二つ目のヴェゼルの背中に刺さる。

めり込んでピタリと止まり、重みでヴェゼルは墜落していく。

悲鳴を上げるオムを見て、間髪入れずにルティオは走り出す。五歩目で電気自動車の制限速度と同じ速さに至る。そのまま瓦礫の壁を突き破り、銀の閃光を曳きながらひたすら駆け抜ける。自分の身体から駆動音(ドライヴ)が唸り続けているのを聞く。

頭上には落ちていくオムとヴェゼルを見据えていた。背後で銀の円盤が追いかけてくるのが分かる。ルティオは思い切り跳ぶ。円盤が拾い上げる。残骸と共に落ちるオムを、地面すれすれの低空で抱きかかえ、残骸を背中に受けながら、ついに切り抜けた。

「こわいよぉ……」

オムの頭を優しくなで、路地裏へと戻った。円盤に乗ったままユウミへオムを渡す。

「ありがと！　気を付けて！」

ユウミの声を聞き、ルティオはぐるぐると円盤ごと回転しつつ、また立つ。

後ろ脚を勢いよく踏む。円盤の先が上を向く、高度を上げ三つ目のヴェゼルを追う。

近づくと再び円盤を降りた。円盤が変形し腕に取り付き、巨大な銃になる。

光弾でヴェゼルの足を撃つ。直撃した。真っ黒い煙の尾を引いてヴェゼルは落ちる。

それを更に追った。銀の玉が剣になる。銃を捨て空中で剣を握る。振りかぶり、一気に振り下ろす。だが、直前で刃を掴まれた。火花が散る。ヴェゼルは体全体を亀の甲羅のように変形させると、上から来たルティオをひっくり返し、彼を下にして加速した。

　このまま地に落ちれば、無事では済まない。おそらく、戦闘データを学習された。カムを敵にするとは、そういうことだ。

　ルティオは腕を引く。すぐに銀の円盤が追いかけてくるのが見える。だが円盤はヴェゼルの弾を受けて、脱落した歯車のように落ちていった。銀の玉を掴み、真横に向けると玉から青い火が吹いて、落下点が変わる。細い路地裏に張られた日除けの大きな布へ。

　何枚も重なった布で速度が殺されていき、地面に落ちた頃にはほとんど衝撃はなかった。

　見上げると人型に戻ったヴェゼルが銃口を向けてきたため、ばねのように身体を丸めて下から上へ蹴り飛ばす。ヴェゼルは空中に打ち上げられるが、片手を槍にし降りてくる。

「瑠（ルゥ）」

　トッシュが摩法を放ち、青色のドームを張る。加速したヴェゼルを跳ね返した。

　仰向けに転がったヴェゼルに、雷（エレ）が落ちる。ショートしている間に、ルティオが空中から振り上げていた巨大な金づちを振り下ろす。円を描いてもう一度振り下ろす。

　最後に振り上げると、金づちは斧になっていて、振り下ろす。完全に体を分断した。

　三つ目。

「かなう訳はないが、このくらいはさせてくれよ」

　トッシュはそう言ってルティオを見、路地裏に目配せをする。

「どこに行ってたの。ルティオ！」

「んー飛んでった」

「落ちてきた」

不思議がるルゥコたちの向こうには、力尽きた賢者がいる。トッシュが賢者に近寄ると目の前から、またルティオはどこかへ消えていた。

「あ、また跳んでった」

「僕も飛んでったよ！」

オムが叫び、ルゥコが口をぽかんと開ける。

「いいなあ」

「よくねえよ！　しぬところだったんだぞ！」

クリンが突っ込む。トッシュはバルディンの肩を揺らす。

「賢者様、ユウミたちと一緒に逃げられますか？」

ユウミも駆け寄り、賢者の上半身を精一杯の力で支えて、壁に背をもたれさせた。

「トッシュ……。何が起きている？」

「きっと皆、助かります。賢者様、私にできることを教えてください」

それを聞いた賢者は震える手で、トッシュに摩法杖を渡した。

「柄にお前の石をはめ込むがいい。それでこの『禍断（マガダチ）』は動く」

「よろしいのですか？」

「心の中で摩法の形を思い描き、それを放つところは一緒だ。だがこの杖はお前の命の源から直接力を汲みだす危険な獲物。それを自覚せよ」

「はっ」

「あとはこう念じ刃を振れ。そこをどけ、と。その強い意志を立て、譲らぬことだ。何者にも何にも支配されるな。その意志のみがこの武器にふさわしい」

トッシュは杖を受け取ると、賢者の持っている石と交換してはめ込んだ。

「特別にお前に許可を出す。終わったら返すようにな」

それを見届けたバルディンは見上げて、重なったユウミの瞳に、呟くように言った。

トッシュはうなづくと、バルディンに石を渡して立ち上がり、炎へと駆け出していく。

「すまんな。だがお前たちを守るぐらいなら、まだできよう」

「ありがと。サリの父さん。はやく会ってあげなきゃ」

「君は、会えると思うか……？」

「分からないけど、そんな気がする。ここまで来たらダメでも諦めちゃダメっしょ」

「そうか。……私は恐れられていたし、君のような年の子とどう話せばいいか分からん」

「うん。眉間のしわがすごいし。……でも、かわいいかも」

「かわいいおっさん！」

クリンとオムが笑って、つられてルゥコも白い歯を見せる。

「なあんだ。それは」

賢者は、うなづくと体を起こした。子供たちとユウミを集め瑠（ルウ）のドームを張った。

その向こうの通りでビルの壁が今、派手に砕け散った。

ルティオはヴェゼルと激しく争い、ビルの壁面を三回打ち抜くとお互い地面に着地した。

おそらく、ルティオの友達を狙うヴェゼルはすべて倒した。残りは虹色の空を作る装置を探しているに違いない。ルティオは背を向けるヴェゼルにしつこく追いすがり、正面を取って戦う。

しかし槍は槍で、斧は斧で、剣は剣ではじき返されルティオは立膝を衝く。

関節がバチバチと音を立てた。これではらちが明かない。

その時、光がさすように声が聞こえた。トッシュの準備が整うヴィジョンが見えた。

ヴェゼルが接近したとき、ルティオは玉を捨て、猛然と走ってヴェゼルの槍を交わす。瞬間、玉を引き寄せ、掴み、投げた。玉はブーメランになりヴェゼルの腕を拘束する。

『射（シュート）』

電撃の弾がヴェゼルを直撃し、よろける。声の主は杖の錠を解除して刃を抜く。

『曜（グロウ）』

太刀が紺碧の光に包まれて輝く。

『斬（スラッシュ）』

刃が振り下ろされると、ギロチンのような半月型のエネルギーの刃が放たれ、ヴェゼルの身体が頭から股までを両断されて転がる。四つ目。

「あといくつだ？」

バルディンから授かった太刀を光らせながらトッシュがルティオに聞いた。

「心を読んだだろう。とんでもないやつだな。……それが分かる」

ルティオは頭をかいた。トッシュは笑い、それからルティオと背中を合わせた。

見ると巨大な二本の角を頭に付けた、真っ黒い牛が、こちらを睨んでいた。

「やつらは、魔窟から来たんだ。何だか、正気に戻ってはっきり分かった」

ルティオが首を縦に振ると魔物が突っ込む。間髪入れずに魔物の身体を斬り捨てた。

すると体の断面から真っ黒い人間の形をしたヘドロが噴き出して、霧のように消えた。

トッシュは、ルティオが転がした魔物の首を見て言う。

「教科書でしか見たことがないがこれはアダックス型だ。邪気が生き物をかたどるんだ」

するとトッシュは、ある覚悟を決めた顔でルティオを見た。

「君の力で、サリルが生きているか分からないか？　俺のひどい胸の痛みは、今和らいでる。そして魔人の力の源は、やっぱりこの心だ。それが分かったんだ」

見ると魔人の塔はてっぺんから少しずつ崩れようとしていた。

ルティオは、やってみるつもりでうなづいた。

瞳を閉じると、いくつもの声が聞こえる。

魔物の出現でその数は増したように思う。

近くで助けを求める声。遠くから、何が起きているかをいぶかしがる声。

途方にくれて迷う声。…差し迫った恐怖に、歪む声。

「何か気付いたのか？」

ルティオはいてもたってもいられず、銀の円盤を使って再び空へと駆け上がる。

そしてマンションの高層にある一室へと向かう。そこにいる声はおそらく逃げ遅れた人のものだ。窓ガラスを体当たりで割り、着地してドアを開けると女性が悲鳴を上げていた。

漆黒の翼が音を立て女性に襲いかかっていた。ルティオはすぐに銀の投げ槍で倒す。

「あんた！　今なにした」

女性は逃げるようにベッドの枕もとに駆け出し、すがりつくようだった。

「母ちゃん！　逃げないと」

そこにいる太った女性は、ベッドに寝ている人に向かって懸命にそう言っていた。

ベッドの中の老婆からは、柔らかく、あたたかな心が差してくる。

「ああ、あんた……助けに来てくれたのかい」

ルティオが何もしないことに気付いたのか、女性はようやくそう言ってくれた。

「あたしはブノー！　近くのレストランで働いてる。私の母ちゃん！　助けてくれ！　だいぶ年寄の病気で！　ここがどこかも分かってないんだ！……ここから出なけりゃあ……」

ベッドの老婆は目を細め、ほとんど何の反応もない。ただブノーの声に微笑むだけだ。

ルティオはかけ布団の隅を掴んでブノーに渡す。

「顔を覆って、耳もふさいで？　ベッドに私も？　なんだいそりゃ……」

次の瞬間、その部屋の屋根が吹き飛んだ。

ヴェゼルが空中から銃を向けている。女性の乗ったベッドを蹴ると、光弾でそこにあった椅子が粉々に吹き飛ぶ。悲鳴を上げる女性は、傾いた部屋の床から滑り出したベッドに乗り、銀の円盤に掬い取られて運び去られていく。

そこには官憲たちが控えている場所があるはずだ。

ルティオは空を見上げた。ヴェゼルの光弾を右に左に交わしながら机を蹴って跳び上がりそのままヴェゼルにタックルして通り過ぎ、銀の玉を鎖にした。鎖の先には炎を吹かす重りがある。ヴェゼルの身体に巻き付くと重りが猛烈に炎を吹いて運動し、ヴェゼルを縛り上げた。ルティオはヴェゼルの身体に取り付いて思い切り蹴った。

絡まりと逆の回転を与えると、ヴェゼルはなすすべなく回りながら砕け散った。

五つ目。ルティオは爆発を背にして八階建てマンションから飛び降り、銀の円盤が穏やかに飛んでいるその高度まで近づく。銀の玉がルティオの腕に取り付き、ルティオは足の裏から吹き上げる炎を瞬間的に点火して勢いを消し、ローブをなびかせてベッドと共に降りるその時、曲がり角の向こうの路上で真っ黒い影と雷が入り乱れる戦いを見た。

そこでは官憲と魔物が混戦状態となっていた。

ベッドをその高度で止めておくと、ルティオは渦中に飛び込んで魔物を吹き飛ばし、確実に首を狩る。官憲がよろけたところに来た爪を槍ではじき返し、返す刃で喉をえぐる。

「銀のルバス！」

そう叫ぶ官憲たちに対して、ブノーが叫ぶと、ルティオの前に出た。

「この子は私と母を助けた！　撃つなんて許さないよ！」

たじろぐ官憲たちをそのままにしてルティオは空を見た。速やかにブノー母娘が救助されるのを見届け、そしてまた夜空に黒い翼の影がいくつも浮かび上がるのを見た。

「来襲に備えろ！　郊外には絶対に出してはならん」

官憲たちは、恐れながら銃を手に持って腕を伸ばし、石の腕輪が付いた肘を曲げていた。

通りから現れた四つ足の魔物に、官憲は大量の電撃と銃撃を浴びせて倒した。

「いけ。銀のルバス。魔物との戦いは我々に任せろ。お前はあの人形を倒してくれ」

ルティオはうなづく。そしてもう一度円盤に乗って空を飛んだ。改めて街の全容が見える。

やはり、この中心街だけに、さらに虹のドームがかかっていた。

この街は最初から魔人をどう封じ込めるかを考えて作られた街なのだと分かる。

かつて天空に浮いていたこの街は、隣人が魔人となる悲しみとも暮らしていたのだ。

沈黙する魔人の塔を見て、ルティオは円盤を加速させた。

それでも残念ながら、ヴェゼルの居場所を突き止めることは難しい。

彼らとの交信は切断されているからだ。

ルティオは銀の円盤をドライヴさせながら、人の心の声がする方向へ向かった。

円盤から、屋根付きのテラスへと前転して着地し、膝をつく。

顔を向けると、そこにはヴェゼルも立っていた。だが、ルティオに響いていた心の声は途切れた。ヴェゼルの足元にいたその人は血を流し、死んでしまっていたからだ。

……間に合わなかった。

そしてヴェゼルは不意に横から襲われた影に背中を取られて倒された。

黒い豹の魔物だ。

ヴェゼルを叩きのめし、打ちのめし、傷を入れて噛みつく。

だがヴェゼルは魔物の身体を両腕で掴むと、信じられない力でまるごと左右に引き裂いてしまった。

ルティオも身をかがめると、黒い翼が自分を仕留め損ねて空を旋回していた。

彼らは殺し合い、奪い合うことしか考えていないように思えた。

魔物を殺したヴェゼルがこちらを見て、緑色の目を光らせる。

ルティオは後退し、テラスに足をかけてビルから落ちた。銀の玉を二つに割って、両手で投げる。それぞれがブーメランとなってまず黒い翼に当たると、一つが刺さったまま取れなくなった。

手を引くとブーメランは棘のついた玉へと膨らみ、翼が砕け散る。

もう一つは手元に戻る。テラスからヴェゼルが追いかけてくるのを見た。

ルティオはビルの壁面に手をかけ、止まった。

壁面に足を付けると、ヴェゼルも壁の上に立って、重力を無視したかのようにお互い向かい合う。手に持つ銀の玉に、戻ってきたもう半分が合体して反り返った刀に変形した。

下からはヤモリの魔物が迫ってくる。

ルティオはまず、ヴェゼルの銃撃をかわしながら近寄り、上下に位置を変えながら戦う。ヤモリを避けるため、時折ガラスを破ってビルの中に入り、出てくる間際に攻撃して相手を翻弄した。壁面からガラスを割って中へ、外へ。そして再び壁面へ。

今。空中に体を放ち、落下速度を使ってヴェゼルの顔面に飛び蹴りを入れる。ヴェゼルの頭が飛んで落ちていくと、ヤモリはヴェゼルの頭を食った。だが、まだヴェゼルは動く。

ルティオは拳を振りかぶった。腕には銀のグローブが装着されている。拳をまっすぐに振るとグローブが炎を噴き、飛んで、一本の線上にいたヴェゼルもヤモリもふたつまとめて地上五階の高さから落として爆発させた。六つ目。

それを見届けたルティオに、漆黒の翼が三羽、体当たりをかけてきた。

ルティオは思い切って壁面から手を離し、落ちる。翼は連なって彼を追う。

空中で、ルティオの腕に銀の円盤が取り付く。翼が並んで飛んでいるところをまとめて銃で撃ち落としながら上階へと昇っていく。

上階まで正確な光の弧を描ききって窓枠を掴むとルティオはテラスに戻った。

床に大量の赤い液体を流した男性がいる。

彼の瞳を閉じ、ベッドに横たえさせた。何をすればよいか、今のルティオには分からない。男性と同じに瞳を閉じて少しの間、一緒にいてあげることしかできなかった。だから彼はそうしてたたずんだ。

銀の腕輪が飛んできて、手首にはまった。あと一つだ。

巨大な雷が背後で落ちるのを見た時、いつまでも彼とそうしてはいられなくなった。

ルティオは、銀の円盤を呼んでそこに急いだ。

そこでは傷つき倒れる官憲をかばい、トッシュが何とか魔物の喉を斬り倒していた。

「人形は？」

ルティオが人差し指を立てる。

「あと一つか。だがこちらも、魔窟に蓋をしようとしているところだ」

「大・迅(デルジ)」

嵐によってトビネズミの魔物が砕け散る。

トッシュは肩で息をしていた。

「はやく彼女を掘り出さなきゃな。……せめて、そのくらいは」

トッシュは沈んだ声でそう言い、魔人の塔を見た。その時トッシュの足元が揺らいだ。

地面から銀色の刃が伸びたため、ルティオがいち早く動き、機械の腕で刃を交わす。

だが、今度はルティオたちの足元から掘り返され、官憲たちも退避した。

「一体何が……」

真っ黒い魔物の身体がヴェゼルの身体を奪い、いびつに接合した物体がいた。

体のバランスはもはやなく、極端に肥大した腕と不安定な足を持っている。それが、自在に変化する銀色の腕を振るいながら、こちらに向かってきた。

「……おいおい、ここだけだろうな」

「そのはずだと祈りたい。魔人の発生は瘴気だ。ここで闘いすぎたのかもしれん」

官憲たちは石と銃を構えて撃ちまくる。確かに穴は開くが瞬時に傷口が塞がれてしまう。

ルティオが前に出た。銀の魔物の繰り出す技を巧みによけながら消耗戦を挑むつもりだった。

トッシュも技を繰り出す。ルティオが引き、トッシュが『瑠（ルゥ）』の防御を張りつつ、刀を横に振って、半月の刃を放つ。

だが、傷ついても同じことだ。両断すべきだが、ヴェゼルより何倍も大きい。

ルティオはもう一度銀の円盤を呼び出すと、彼の前で縦に静止した。

「おいまさか……そんなことして円盤は平気なのか？」

トッシュは直感した顔を歪め、ルティオは首を縦に振った。

「どうなっても知らないぞ」

トッシュは刀を収めて鍵をかけ、摩法杖にして天に掲げた。銀の円盤が丸鋸のように猛烈に回転しながら、銀の魔物の頭上に向かって飛び上がる。

ルティオが拳を掲げて、振り下げると同時に、トッシュが叫んだ。

『大（デ）・雷（エレ）』

雷の力を得た流星が、魔物の頭頂部から一気に股、足までに落ちる。円盤がコインのように転がる。魔物は縦に割れ、崩れ落ちた。

「倒したぞ！」

官憲たちから歓声が上がり、円盤は外装を開いて蒸気を吹き出すと、止まった。

ルティオは官憲たちと喜ぶ間もなく、壁に手をかけ、ビルの屋上へと昇っていく。

彼の勘が正しければ、街の破壊を止めることはできると思っていた。ルティオは傾いたビルを駆け上がり、跳び、屋上を走り、できる限り速く街の端まで走った。

やはりヴェゼルは、ひたすら地面に向かって光子エネルギーの奔流を流し込んでいた。

最後の一つ。ルティオは玉を剣にして、握り締めた。ヴェゼルも向き直る。

ここは、虹の力場の発生装置が保管された場所だ。

辺りは、虹の光で満たされ、ヴェゼルの背後には目に滲むほど輝く光の壁がそりたつ。

器（ヴェゼル）は、今カムの頭脳を宿し、ルティオに向かって語りかけている。

虹の中で。再び意識が対話を求めてきた。


「止めたな。あと三十秒というところだった」

「カム。許してほしいんだ。僕は、デオンでよかったと思ってる。だって、ここまで旅をしなければ、ここに来ることはなかったから」

「何の関係もない。本当に無価値な存在になり下がってくれたよ。ありがとう。君は晴れて排除対象だ。しかし。まさか全性能（フルスペック）を出し切るとは」

ルティオは、サリルや街の人々がルティオにそうしたように、カムに言った。

「僕は君を友達って思ってる。好きだよ。デオンって名前は君がくれた、ルティオって名前はサリルがくれた、どっちも好きだ。それにこの身体も好きだ。人を助けられる。だから、過ちを犯してほしくない。僕は、犯したくない」

「過ち？　今までいったい何人の魔人を葬ってきたと思ってる？　まあ、人と定義するなら、の話だけどさ」

「心がある。人だよ」

「ほう、悲しいかい。人間は悲しみを内面化する。だがそれは防衛反応に過ぎない。計測できないものに価値などないんだデオン」

「価値がないってのは、誰が決めたんだ？」

「オーソリティ・オリジンが、宇宙や自然や地球について考えた結果、そうなった。すべては等価であるという議論に基づき、常に傲慢な価値づけを行う人間は排除した」

「そうなんだね。それならすべてが意味のないものになっても、仕方がない」

「ちょうど君のつがいがそんなところだった。女自身が自分の身を守る方法は死ぬことだと判断したに過ぎなかった。君と僕はそれを手伝ってやったんだ。君の目を覚ますのにもちょうどよかった。下手に希望を与えてしまったのだからね。かなうはずもない願いを」

「サリルが死んだとしたら、どんな世界に行くの？」

「計測できないものに価値はない。生物学的に死ぬだけだ。意識に回答はない。何万通りの答えも、実証不可能な答え（ファンタジー）さ」

「君が神様なら彼女を元に戻して、魔を封ずる人たちの魔を取り除けると信じてた」

「同じことを言わせるな。少しは出来損ないの頭で考えればいい。だが、言葉を失うのと引き換えに完璧な肉体（フィジクスメタル）を与えたのは僕だ。それは揺るがない。闇はないんだよ。あるのは発展だ。世界を肯定的に見るがいい」

「そうかもしれない。でもぼくが僕だった頃に望んだ力はこんなことをするためじゃない」

「覚えている？」

「何も。でもそんな気がするんだ。僕の中にある…ぼくのことさ」

　カムの目が変わった。

「ああ。あの脳の幻想かい」

「それも違う。……僕は知りたかったんだと思う。風のそよぎ、この街の景色、人々。そして、自分のことを」

「くだらないね。なつかしさ（ノスタルジー）など」

「僕にとっては、大事なことさ」

「……心を獲得した君は単純だったよ。君の怒りや、興奮につけ込み、ちょっと電気的なハンドルを握るだけで、僕の想いどおりに君を操ることができるんだからね」

「やっぱり君だったんだね。あの時の僕の中にいたのは。僕の心が、弱かったから。その僕がサリルに、皆にひどいことをした」

「魔窟に落ちた君はもう天の子ではない、銀のルバスでもない。その名は君に値しない。まぁ、かと言って人間になんて、戻れないんだけどね」

「そうなんだ」

「うん。無理だね今さら。考えてもみたまえ。君が人間をやめてから……いったいどのくらいたったと思う?」

「それでもいいよ」

「何が」

「人間になれなくても、君と同じになれなくても、僕は僕だから。君とぶつかって、共に生きてくれる仲間がいることに、僕は気付いたから」

ルティオは銀の玉を振るう。

「理解できない。サリルは死んだ」

「聞いてほしい。僕は君に伝え続けたい。もしサリルが生きて、前と同じようにあの笑顔を僕に見せてくれるようになったら、君とは違う答えを出せたんだと思う」

「理解できない。ありはしない」

「きっと彼女は生きてるよ。心の声を聞いたんだよ。彼女はあの塔の中のどこかに、そう、人間の心がある場所に、その場所に埋まってるはずなんだ。鼓動が聞こえる。確かにまだ、彼女の心臓は脈を打っている」

ルティオは最後のヴェゼルと激しく刃を打ち合わせ、火花を散らし、交錯した。

「……まあ、いいだろう。ならばせいぜい。取るに足らない末路を辿るがいい。その機械の身体でね」

ルティオはヴェゼルの隙を突き、その頭を砕く。
「失敗作(ミスクリエーション)。幸あらんことを」
ルティオは残ったヴェゼルの体を完全に両断する。
「無駄な努力が尽きたら」
カムの声が濁る。
「また、君を歓迎しよう」
そして、半壊したヴェゼルの顔の光は消えた。
カムの通信が終了する。
そしてルティオの頭脳にあった測位装置のネットワークは失われた。
それはルティオが、カムを拒絶したからだった。
六つ目が沈黙した。目の前で崩れ落ちるヴェゼルの残骸。
ルティオの拳から電光がほとばしり、体の駆動音が濁っていた。もう限界が近い。
ルティオは決して再生しない、機械の身体でできていると、カムはそう言っていた。
体温はなく、彼は冷たい。だが雨が降り、滴は体に絶え間なく注ぐ。
ルティオはあおむけに倒れる自分を、制御できなかった。
終わりかな。
視界は暗転し、今度こそ何もない暗闇へと誘われる予感に、襲われた。
頑張ったけど。今も頑張るけど、腕はこれくらいしか上がらない。

これまでかもしれない。

ごめんね、サリル。……君を助けられなかった。


その時。

胸が強く、圧されるのが分かった。

ドクン。

という、しぼんでは膨らむ音。

どくん。

もう一度、聞こえる。膨らんではしぼむ音。

「ルティオくん！」

叫んでいるユウミに気付くと、懐中電灯を持った官憲たち、そして杖をかざしたトッシュが、彼を囲んでいるのが分かった。

「起きろ！」

ドクン、心を呼び覚ます音。

いのちの枝葉を伸ばす音が、ルティオの胸の奥で鳴る。

ルティオになる前の、デオンになる前の、彼の持っていた命のポンプが脈を打つ。

ルティオは、もう一度手を上げようとした。

ユウミがその、機械の手を握ってくれているのが分かる。

目を覚ますと、トッシュが雷を胸に流していたことが分かった。

「大丈夫か？」

トッシュの声に思わず手の平を開くと、その先に、そびえ立つ魔人の塔があった。

その隣には、みささげ祭りの真っ白い塔があって、今や背を低くした魔人の塔と変わらない高さになっている。ルティオは体を起こして、立ち上がる。

「君にも心臓があるんだな。……人間だったなんて、知らなかった」

トッシュがそう言ってくれた。

ルティオは歓びと悲しみが半々な表情でそれに応えた。

「あの白い塔は、もともと人の苦しみを吸い上げ、空に放つためのものだったそうだ」

トッシュは、ルティオに語っていた。

そしてトッシュは、取り戻せない過去を思うように、ルティオを見つめた。

「俺たちが、いや、俺が君たちを追いかけさえしなければ、サリルはサリルのままで。君も君のままで、いられたんだろうか」

ルティオはトッシュに向かって、首を横に振った。そして、二度目の笑顔を見せた。

魔物が倒された道から、ルゥコたちが来る。激しい雨は未だに降り続ける。

「行っちゃうの？　ルティオ」

ルティオはルゥコにうなづく。

「ルゥコ。ルティオは、サリを見つけたんだよ」

ユウミが、ルゥコにそう言うと彼女は目を丸くして口の端を上げた。

「あたし、あの子のこと……護れなかったから」

ユウミは拳を胸に握って、ルティオに言った。

「だから、ルティオくん。サリを護って。あの子を迎えに行ってあげて」

ユウミのイヤリングに埋め込まれた石が、光っていた。

そして一つ光ると波紋となり、響きあうように皆の石が光っていく。

なぜか、今。その意味が分かる。

その光を、実はルティオしか分からないことも。

光る風が、彼の衣を柔らかくなびかせることも。

冷たい雨が頬を伝うことも。

カムの言っていたことが、どれだけ正しいかなんて、今のルティオには分からない。

しかしルティオの心臓は、それでも脈を打つ。

だから彼は、身体がそうするがまま、手の平の銀の玉を地面に落とすと、一本の槍として跳ね返った。楕円の葉の装飾が施されたその槍を掴むと、刃の反対側を地面に衝く。

エメラルドの光の波紋が、立つ。

それは風にまかれながら収縮し、瞬間、凄まじいエネルギーが彼の中に流れ込んでくる。

ぼくの心に、みんなが力を注いでくれていたのか。

ルティオは両手で光の槍を掴み、構える。
辺りが、夜空に散った星のように光る。
ルティオには、その場の誰も彼もが、光っているように見えた。
彼らはそれと知らず、自らが戒めとともに身に着けていたあの石を光らせているのだ。
分かったよ。
一人ひとりが、星なんだ。
光そのものだ。
もしこの心が、こんなにきれいな宝石だったら。
そうと分かっていたら。誰も傷つけられない。
そして、誰も傷つかないのに。
サリル。
今、君を迎えに行くよ。
街の炎を消し止めた雨雲が退き、満月がぼわりとまたたく。
官憲たちが、白い塔を傾かせて魔人の塔に渡したのはその時だ。
柱を一気に駆け登るルティオは、流星のように見えた。
魔人の塔より高く跳び、身体をしならせ、槍を振りかぶり、中腹を突く。
瓦礫を吹き飛ばしながら彼は、月の光に包まれた。

サリルは、夕日に染まる太陽を遠い目で見ていた。

そして空へと、言葉を投げかけた。

おばあの言葉には、分かることと、分からないことがあったけれど、今はそれでいい気がした。

「おばあ、わたし。やっぱり行くよ」

「そうかい。それがいいさ」

「間に合うかな」

「さあ。お前次第で未来は書き換わる、よいようにも、悪いようにも」

「わたしね、ルティオに伝えなきゃいけないこと、残したままなの」

「愛してるとか、そういうことかい？」

「もっと大きなこと。……大切なこと」

「そりゃあいいね」

「うん。それに彼、いつもちょっと心配だから」

「それなら大丈夫。闇は光には勝てない。それを彼は今から、知るだろう。……さあ、生きな。

ルゥコちゃんもユウミちゃんも、皆が、あんたを待ってる」

ふと、サリルはおばあに尋ねた。

「おばあはここに残るの？」

おばあはゆっくりとうなづく。

「うん、あたしゃここにいる。これまでの皆の頑張りを無にはしない。恨んだ者をこれ以上は出さない。引き留めておかなきゃならない仕事がある」

おばあはサリルに言い渡すと、両掌を重ねた杖を強く握った。

「今のおばあはね。あんたの中に残っている……光が遣わした存在さ」

おばあは夕空を見つめている。

「あたしがいるうちは、まだあんたは死んでない。眠っているだけだ。……あんたの心臓はまだ、脈を打っている。でも夕日が消えれば、望みはなくなる。さあ、猶予はあまりない。走りな。この街のてっぺんに繋がる階段を伝って」

サリルはおばあを抱きしめた。

「そして目が覚めたら、見るんだよ。この世界の向こうにある本当の世界を」

「忘れない」

サリルは、そう答えた。そして彼女は走り出す。

「ああ、それと」

サリルが振り返ると、おばあは言った。

「クリシャに伝えておくれ。もう、あたしのことはいいから。前を向きなってね」

サリルはうなづき、大きく手を振って走り出す。

太陽は、沈もうとしていた。

サリルは、荒い息のまま、石造りの街を走っていく。

遠目に、自分の出会った悲しみの人々が見える。彼らはサリルを眺めていた。

ある者は驚き、ある者は寂しそうにして、彼女を見つめている。

彼らもまた、サリルと呼応した存在。おばあと同じ、光の存在だ。

サリルの心の中に住まい、ともに嘆き、悲しみ、同じ時間を過ごしてくれた。

ありがとう。

その言葉しかなかった。

やらなきゃいけないこと、伝えなきゃいけないこと……できることが、今なら分かる。

だからサリルは走る。建物の影に、おばあたちは見えなくなった。

代わりに、いくつもの光の柱が旧き街から立ち上がり、空へと伸びていく。その光景に見とれて、少しの間佇んでいるととたんに足元がぐらつき、サリルは悲鳴を上げた。

元の世界に戻りたい。

そう言った瞬間から、旧き街に、ひびが入っていくのだ。

まるでガラスに鉄のかなづちを打つように、空間そのものがビキビキと音を立て、破片が割れ、隙間から漆黒の闇が覗く。するとそこから真っ黒い人間の手がいくつも現れた。足を掴まれ、転ぶ。悲鳴を上げて足をでたらめに動かしてほどく。

足場に亀裂が入り、割れる。

見上げると、白い光芒を残して、空も割れる。

サリルは、その終わっていく光景に圧倒されたように、立ちすくむ。

だが隙間から現れた闇は、サリルを掴んで離す気がないのだ。影の者たちはひどくサリルを恨んで、顔を歪ませていた。その影が、こちらに跳びかかってくる。

「向き合う」

サリルはダブルブローチをかざした。青く光るガラスが、闇を跳ね返した。

もはや、おばあたちがどうなったのかは分からない。

それでも、崩壊する世界でサリルは立ち上がり、走り出すと決めた。

あの光の柱の一つひとつが、おばあや、光だった一人ひとりであることを信じて走る。

また地面がうねり、地割れが目の前で起きた。

サリルの周囲三百六十度で、目に映るものを構成していたすべてはまるで写真のようにさえ思えた。

いとも簡単に、古い街の景観は、今見ているその景色ごとひび割れて、朽ち果て、壊れていく。

同時に、夕日だけは最後の一筋の光をサリルの瞳に届ける。

それは壊れそうで、今にも消えそうで。

サリルは思わず、ダブルブローチを手の平に引っかけて手を伸ばしていた。

迷わない。

『穂(スパイカ)』

髪飾りから伸びた光の線が、群がった黒い影を斬り裂いたのはその時だった。

真っ白い光の剣を携えて、サリルは走る。邪に伸びる運命の手を斬り裂いて進んでいく。

気が付くとすでに、両脇の道には景観といえるものなど、一つもない。

宇宙の果てのような、漆黒の闇。その先に、自分の歩む危なげな道だけが見える。

足場が揺らぐ。サリルはよろける足で立ち上がった。

彼女は、壊れた道に向けた手の平の甲に、もう一つの手の平を重ねた。

『壮（グラド）・光（レイ）』

くもりなき猛烈な光線が発射され、渦のように輝いた。

すべてが消え去った後、風が吹き、その場所に道が開く。

地響き。

足元に赤い閃光、気配かにおいか、霧のような赤い光が足元から立ち上った。

開いた道が、また壊された。道が崩れ落ちていく先、その眼下に映ったのは、真っ赤なマグマの湖。落ちれば灼熱の炎、そして漆黒のヘドロのような闇が、待ち受けている。

その中から現れる巨大な化け物の影に、サリルは息をひそめた。

魔人が炎の湖から黒い爪を振りかざし、下からサリルの道に手を伸ばそうとしていた。

「あなたの気持ちが、わたしに届く」

魔人の瞳は赤く光り、マグマの血の涙を流していた。

「あなたも、わたしなのね。それが分かる。こうやって、作っても壊したくなる気持ち。悩んで、怒って苦しんで、何も分からなくなって」

サリルは、それでも前を見る。

「……でも、ごめんね。わたしは、みんなに会いたいの」

瞳を閉じ、サリルは胸に手のひらを当てると、消えかかった背後の道に、足をかけ、一気に駆け抜け、そして断たれた道を跳んだ。

片手を懸命に前へ伸ばす。

指が、石造りの道の断壁に引っかかり、すぐさまもう片方の手で道をつかむ。

下からのたうつ魔人の爪が迫る。腕をもっと、上へと伸ばす。

熱気に感覚を浮かされながら、サリルは肘までをようやく……道に届かせ、片足をよじ登らせて、力をこめて体を持ち上げ、越えると体を道上に転がして荒い息を吐いた。

あおむけに倒れた体を横たえたサリルは、魔人の怨みの叫びと熱を感じる。これは彼女だけのものではなかった。もっと大きな、歯止めも効かない焼け焦がすような熱だ。

ゆっくりと地面に手をつく。その頬に、熱を退ける涼しい風が吹いてくるのを感じた。

サリルはゆっくりと起き上がり、そこにある階段を、一段ずつ、上がっていった。

いつ終わるとも知れない細く長い階段はどこに続くのかも分からない闇へと続いていた。

それでも涼しい風は、サリルの進む方向から、絶えず吹き続けた。

その風の中から、一つ、二つ、小さな光の粉が現れる。

やがて頭上には、あの星たちがぽつぽつと増えだした。

さらに上ると、見覚えのある夜空になった。

最後の一段を上ったときに、踏みしめた。

ここはマンションの屋上だ。

大きな丸い月があった。

この夜、初めて空を飛んだ。

そこにいる、月の光に照らされて白く輝く衣を見た。

ここにそよぐ風になびくローブを、サリルは知っていた。

ルティオは振り返る。サリルの手指を優しく握り、そして再び、抱きしめた。

屋上は、周囲の景色は再び、無くなる、
今度は、光を放ち透明に輝く粒子となって星々に、吸い込まれるように消えていく。

サリルは恐れなかった。

やがて、抱き合った二人の足元にあった地平さえ、光と消えた。

瞬間、少しの距離、緩やかに下降していく。

二人は抱き合いながらゆっくりと、回り、上昇し、光ある天空へと帰還していく。

ルティオはその白い衣を羽のようになびかせて、やがてあのましろく輝く丸い月へと、彼女の手を取っていた。

肌のぬくもりを感じあい、二人は無数の星の光に照らされ、一つの影となる。

サリルは、もうろうとする気配の中で……冷たい風に、目を覚ました。

そこには、視界いっぱいにルティオの顔面があった。驚くうち、彼女の周りのがれきが文字通り吹き飛ばされるのを感じると、彼に手を掴まれ、抱きとめられたのが分かった。

後頭部と、ひざの内側を冷たい腕に支えられた感覚を覚える。

空は……今見ていた夢と変わらない、星々。

視界が、天地急転する。

ルティオはサリルを抱きとめると、後ろ向きに飛んだ。

サリルは、ルティオの腕の中で眠るように瞳を閉じる。

官憲が石をかざして作った光る摩法の絨毯(じゅうたん)。その上に、着地する。落ちるたび、光の膜は重なり、五枚ほどを経て、サリルを抱きとめたルティオは、立膝をついて着地した。

絨毯が光の粒子となって消える。それを見上げたところ、ルティオがのぞき込んだ。

「信じてた」

ルティオがそっと彼女の体をおろすと、仰向けのサリルは深呼吸し、ルティオを見た。

そこで初めて、自分ががれきの中から助け出されたことを知った。

サリルはルティオに腰を支えられ、上半身を起き上がらせる。

視線の先、子供たちが駆け寄ってきた。

「サリルー！」

三人の子供たちを受け止めたサリルは、彼らをぐっと抱き寄せた。

クリンは果実さえ入ってしまいそうなくらいに口を開け、わんわん泣いた。

「ごめんよぉ。ごめんなさぁい」

サリルは耳元で、クリンにささやく。

「謝らなきゃいけないのは、わたしよ……クリン」

「ぼくのせいだ。ぼくが川に落ちたから」

「ずっとそんな気持ちにさせたんだね。でももう大丈夫。ごめん。ほんとにありがとう」


「サリル」

ルゥコは、笑いながら泣いていた。

「聞こえたよ。ルゥコの声が」

そう、ほとんどしわがれた言葉でサリルはルゥコに答えるばかりだった。

ルゥコは、ポケットにあったものを取り出して、サリルに渡す。

「大事なもの、忘れちゃだめだよ」

ルゥコがくれたハサミは整然と楕円の葉があしらわれていて、金色に輝いていた。

「そうだった」

「わたし、とっても楽しみ」

「わたしもルゥコの伸びてく髪が、楽しみだよ」

サリルは目を閉じて、ルゥコと二人の男の子を感じていた。

オムは、自分の腕に顔をうずめて、震えるばかりでどんな顔をしているか分からない。

と、思ったらオムも顔を上げた。

「感動しました」

「オム、勇気を出してくれて、ありがとう」

うわあああああああああああああ……。と、オムはほとんど絶叫系の涙を流した。

オムが静まると、サリルは三人を抱いたまま、友達を見た。

ユウミは子供たちを包むように、サリルを抱く。

「サリ。あたし、気付いてあげられなかった」

「いいの。そんなことより嬉しくて仕方ないよ。……ユウミ、おめでとう」

その向こうにトッシュはただ立っていて、何も言わず、顔を傾けて隠していた。

「トッシュ」

「ああ。もう前を向くさ」

するとオムが、ふと気づいたようにサリルに問いかけた。

「ねえ、サリルは何で皆のことを知ってるの？」

「見てたよ。何故か分かるの。この子たちのことも、二人のことも、父さんのことも。……あの子のことも」

「え？」

街を包む障壁は、すでに消えていた。

蹄が激しく打ち鳴らされる音が聞こえてくる。通りを曲がり、こちらに向かってくる少女は、チィロの背から降りた。月明かりに照らされた残骸の中で、別世界から来たように輝く舞台のドレスをまとった少女が、サリルとユウミを見て、立っていた。

サリルは子供たちをゆっくりと離して、立ち上がった。

「約束、果たしに来た」

ユウミとサリルは、ジョナを招き入れて、抱きしめあった。

そのジョナの肩ごしに、風の如き少年は微笑んでいた。

ルティオ。やっと、笑えるね。長かったけど、よかったと言えるかも分からないけど。

ぼやけていく彼の輪郭。サリルの身体がだんだん重くなっていくと……急速に意識は薄らいでいく。深く寝息を立ててしまってサリルは、ジョナとユウミに抱きかかえられた。

その姿を、後ろから父が見守っていた。

第四幕　決（けつ）

「サリーちゃん……！」

母の声で目を覚ます。

眠い目をこすって、真昼の外の景色を見た。二週間も経った後のこと、サリルは病院のベッドの上で布団をかぶっていた。

「お母さん」

サリルはつぶやくように言った。

クリシャは、心をむきだすような声で、サリルを抱きしめてしばらくそのままだった。

「ごめんなさい」

「ずっとあなたに謝ってた」

母はそう言って、サリルを離した。

「伝えたいことがたくさんある」

母は、そう言って、今起こっていることを娘に話した。

父親のバルディンは健在だということ。最近、ペンペンコを再開したこと。今はがれき撤去と街の復旧のために、弁当作りで忙しいこと。事件後、たくさんの読売屋が取材に来るかと思ったが、官憲のおかげで対応に追われずに済んだこと。

そしてトッシュとユウミがあの夜の事件のあらましを伝えてくれて、今、クリシャを支えてくれていること。バルディンの予知と準備と抑止が功を奏し、避難誘導の初動の速さ、力場の展開などの要素が重なり、奇跡的に犠牲が最小限に抑えられたこと。

ラクルの川の被害が深刻だったものの、大昔に人柱の儀式のために使っていた焼却設備が、すべて使用不能になったこと。魔人以上に、その後に現れたからくり兵の被害のほうが大きく、しばらく市場が郊外の公園に移転したこと。

この出来事は災害として認定され、経済負担は街全体という、扱いになったこと。

とはいえ、復旧には半年、ないし一年かかり、今街は人材集めに奔走していること。

サリルはすべてを聞き、窓の外に広がる、復旧に向けて運動している人々の波を見た。

想像力も働かず、なかなかすべてを受け止めることはできないけれど、サリルは窓に手を当てて、じっと再生に向かう街並みを見る。

ゆったりとした時間の中で、無言の時が流れた。

クリシャは思い切るように、言葉をつづった。

「それと母さんね。やっぱりレストラン……続けようと思ってる。サリーちゃんを助けてくれた人たちがいっぱいいる。その人たちに恩返ししたいと思ってる。それに、あなたにもね」

「母さん、私、やっぱり髪結いになりたい。だけど、ペンペンコのことも母さんに諦めないでほしかった。私、母さんの夢に憧れて、自分の夢を持ちたいって思ったから」

クリシャはサリルの手を握った。

「サリーちゃんは一生縣命やってくれた。私、この店を大切にしてくれる子や人を探す。私がサリーちゃんに甘えていたから」

「うそ……。そんなことないよ。居酒屋も、私のためだったのに」

「ありがとう。なら、なおさらサリーちゃんの道を開かなきゃ、……進まなきゃね」

　クリシャは微笑みながら続けた。

「ルティオちゃんね。たまに、この窓に張り付いてたのよ。トカゲみたいに。気味悪いからちゃんと来てって言ったら、丁寧にノックして、この扉を通ってきたわ」

　サリルはちょっと顔をしかめながら笑う。

「ほんと……あいつ、おばかでごめんね」

「彼、今は瓦礫の撤去に大忙しよ。一晩中働いて疲れないし強いし……。ずいぶんタフね」

「だって……ルティオはヒーローなんだよ、母さん」

「はは、そうだったね。それが彼で、本当によかった」

「母さんとわたしのヒーローは、とうさんね」

　なんてふざけると、クリシャはこの部屋の天井を見て、サリルの瞳を見た。

「それも……伝えなければならなかったわ」


　クリシャは、サリルの詳しい出生の話を語り始めた。

　もともとペンペンコで料理を作るための修行に明け暮れていたクリシャがお酒にも、男の味にも慣れてしまっていたのはごく自然だったが、あの時……高位官憲の試験を受ける一学生に過ぎなかった当時のバルディン・トワルという男は、クリシャにとってくそ真面目で、ただいけ好かない存在でしかなかった。

「それが、あの日にすべて向かっていたと分かったのは、あなたを宿してからだった」

クリシャはその日、ペンペンコで食中毒事件を起こしてしまった。お客は幸いなことに一命をとりとめたものの、クリシャは自信を無くしてしまう。

その夜、泥酔していたクリシャは、自分の腕が真っ黒に染め上がり、自分の石が、半分どす黒い泥になっている光景を見て、パニックを起こしてしまった。

バルディンは危機を知ったのか現れ、クリシャを抱えるとある人の家に行き、その人とともに付きっ切りで自分を看病してくれた。その人が、ツユばあだった。バルディンはクリシャの恩人になり、彼女はバルディンの質実剛健で実直な性格に惹かれて、そして愛をはぐくんだ。

こんな二人は、無軌道な愛を重ねてしまうほど若かった。

しかしお互いをはぐくむことで、二人の愛も深まっていく。

「でも、夢は私達が一番かなえたいと願ったことを許してはくれなかった」

官憲の、それも最上位の賢者を目指すとなれば、婚姻はしてはならないのが掟だった。

もちろん知っていた、分かっていた二人だった。でも、バルディンはクリシャを愛したことがきっかけで、ほかの人々も街も愛することができるようになったのに。二人の若さゆえにサリルは生まれ、同時に二人も分かたれることになった。

それからクリシャはおばあの助けも借り、シングルマザーとしてサリルを育てた。

バルディンは遠くから他人を装い、サリルの成長を楽しみに見ていた。

「ツユばあに怒られたときは、涙も枯れ果てるくらい泣いちゃった。でも、だからこそサリちゃんは私たちの、喜びと悲しみを背負った。あなたをどう育てるかを巡って、本当に喧嘩になっちゃって、追い出して、追い出された、そんな時もあったけれど、いつもあなたの笑顔を想像した。勇気をもって生んだあなたは…その想像以上の笑顔で育ってくれた」

クリシャはサリルの手のひらに、自分の手のひらを重ねた。

「確かに大変だったけど、それも意味があるって思える。今。こうしてサリちゃんにやっと話せた処から、振り返るとね。考えてみれば幸せだった。はっきりと分かるわ。お酒の理由は、思うような家族になれなかったこと。それが……私の悲しみだったってこと」

「母さん」

サリルは一言だけそう言って静かに母を見ていた。

それから数日経って、サリルは身体的異常も後遺症もなしとされ、めでたく退院した。

数週間後。

サリルは自転車を走らせると、祭りの混雑をもろに受けて車輪を止めた。

「あらら」

屋台に、親子連れにカップルに、一人身の男性、呼び子の女性。

運転できないため、迂回して締め切られた道を横切り、違う通りを行く。

そこにはまだ開場していない、この街最大級の劇場がある。

この街に四つある高等校が、ここで出し物をすることになっていた。

裏にある通用口で警備員に通してもらい、廊下を歩くサリルはたった数カ月前、自分が小さな劇場で同じことをしていたのを思い出していた。

がま口のポーチを揺らして、ドアを開けた。

光輝くメイクルームに、あの時のドレス姿のジョナが座っている。

ジョナは、サリルに言った。

「ちゃんと寝たの？」

「うん」

「手指は、もう大丈夫なの？」

「心配してくれなくていいよ。……しっかり、応えられるから」

「そう、ありがとう」

ジョナは穏やかにそう言って、サリルに髪を任せて瞳を閉じた。

「だったら、あなたに任せる」

そう言ってくれたジョナのしっとりとした輝く髪を、サリルは宝物だと思ってみると、大切に掬い取って仕事を始めた。

今回は、ジョナのたっての願いで、伝統的な髪の形にアレンジを加えるつもりだ。

そこにはサリルのセンスがどうしても必要だと言う。サリルの部屋はマネキンでいっぱいになり、ジョナの髪形を実現するために試行錯誤をしてきた。正直、未だにジョナの髪を扱う一束一束の動きが、緊張にあふれている。

ジョナが穏やかなほど、彼女の期待に応えるのは重圧にもなる。

しかし、サリルはこの役目に充実を感じている。

「……皆、うまくやってくれるかしら」

不意に、ジョナがそんなことを言った。彼女らしくもない台詞だった。

「やれるよ。ジョナが教えてくれたんだもん。大変だったけど、皆もうやる気満々だよ」

あの後、演技を見た生徒会長が危機感を持ち、外部から演技指導のコーチを入れた。

そのコーチが初めにやったことは、どの程度まずいかを演者たちに知らしめることだった。だがそこから、大舞台で演じられることの面白さに目覚めていったらしく、ジョナが言ったことがどんなことか分かってきたのだそうだ。

ジョナは呟くように言った。

「私、この役を演じきってみる」

「ジョナならできるよ」

「ありがとう。……好きになれるかな。この街のこと」

「きっとなれる」

ヘアメイクが終わる。サリルは静かに石のネックレスをジョナに付けてそっと肩をなでた。目を開いたジョナは、首を傾けて確認すると、鏡に微笑んだ。

あの後、傷ついた石を磨き直して補修した。ジョナは、新品にしないことにこだわった。

そのネックレスにはどこででも花を咲かせる、バラのチャームがあしらわれていた。

本番を迎える会場は満員だった。当初は週末の発表会レベル以下とも学校中で噂になっていた試みは、話題の渦の中心ジョナと、そればかりでなく斬新な演出があるということでかなりの注目を集めた。街が復旧の最中に行われる祭りを皆特別な気持ちで迎えていた。

サリルは舞台脇から、もう一人の演者の晴れ舞台を、緊張の面持ちで迎える。

「皆さん。それでは『やがて遥けきアジュールブルー』をお楽しみください」

黒服の男が脇に引っ込み、劇場が暗転すると会場は、水を打ったように静かになる。

スポットライトがステージを照らすと、いきなり輝く金管の楽器が、吹き鳴らされた。

ミュージカルだ。苦しんだ委員長が土壇場で呼び込んだのは、大学の音楽サークル。

そしてマハルが強く提案したストリートミュージシャンたちでまずいところを埋めるのだ。

しかしそのおかげで、さながら音楽ライブのようなオープニングとなる。

ギターとサックスとドラムの素晴らしいセッション。

それに学生たちが無理のない難しさの踊りを踊る。あ、サリルは思わず指さした。

ユウミがコリスの格好で踊る。笑顔が……ない。必死。でも、一生懸命だった。

「あいつ……」

隣のトッシュがしみじみと彼女を見ていて、肘で突っついてあげたくなる。

音楽が終わる。

暗転する。そして、スポットライトがステージの中央を照らした。

ジョナが背に真っ白い翼を付け、そこに立っていた。息を飲む輝きに、ため息が漏れる。

「空の上から、ずっと見てきた。絶対に近づくことのできない地上の世界を。あそこには一体、何があるの？　尋ねても誰も、教えてはくれなかった。……でも、今ようやく分かる、そんな気がする」

今ジョナは、地上に生まれたかったリエルという天使だった。禁を犯し、彼女は人間界に降り立つ。そこで彼女は、やさぐれた男アクルと出会い、この地上で冒険を繰り広げて世界を知る。

アクルはリエルを嫌うが、だんだんと彼は彼女の純粋さに惹かれていく。

やがて、別れが来る。リエルは射貫かれ、アクルは力尽き、二人は約束を果たせない。

リエルという名の天使は、地上を呪う。理不尽さによって死んだアクルを抱き震えて。

だが最終的には残った友と悲しみと喜びを分かち合い、地上に手を振って別れていく。

最後の展開でマハルは、古典に逆らってアクルを小鳥に生まれ変わらせた。

星の光るサテンのカーテンが演出する夜空に、リエルがたたずみ、涙を流す。

「アクル。肉体は滅びても、心はある……それは成り行くもの。死と新生を繰り返して。過去に引きずられ……そしてやがては未来をしたがえて。

必ずある、果たすべき遥かなる約束のために。さあ……」

その時、サテンのカーテンが開く。

小鳥は、さらに人として生まれ変わってリエルと再会する。

二人は、声をそろえた。

「旅人よ。生きよう、あなたの物語を。真白き光をその身に受けて。永遠に続く旅路を歩むために」

劇は終わる。

フィナーレにふさわしい、華やかでポップな音楽が会場に吹き鳴らされる。

……大成功だった。

サリルは立ち上がって、惜しみない拍手をステージに送っていた。

カーテンコールでユウミが出てくると、ジョナは彼女を隣に招いて並んで立った。

ブルージーなサックスの音と共に、赤いカーテンが閉まった。

最後の最後まで、拍手喝さいだった。

三人は忙しい。だが、集まる時はよくガラスのテラスが付いたカフェに集まる。

この日も学校終わりで奇跡的に、三人の予定が合った。

「それでさ。皆があまりにもすごかったって。内申最高点だって、先生が言っててさ」

「よかったじゃん！　ユウミ」

ジョナはハーブティーを飲みながら、何も言わずにサリルとユウミの会話を見ている。

「そりゃあ、リエルちゃんの名演あってこそだしさ」

「珍しく素直なことね。まあ、コリスは演技力より……信頼感ってところだわ」

「褒めてんだかけなしてんだか」

「ほめてるよ！　ジョナは優しんだからさ」

ジョナはいたずらっぽく笑い、ユウミもストローでジュースを吸うと微笑み返す。

ジョナがすました顔で言った。

「それで？　例の官憲の彼とは上手くいってるのかしら」

「あいつでしょ……」

ユウミは頭を抱えた。

「ケンカ？」

サリルは口を開けてユウミを見る。ユウミはストローをつまむと潰して言った。

「んー」

「どうしたの？　まさか……」

「だって、好みも違うし」

「好み」

「考え方も違うし」

「考え方」

「背の高さも違うし」

「それは最初から分かってたでしょ」

「うーん。ちょっと付き合ってみたけど、あいつ仕事しか頭になくてさ。あんまり会えない」

「そうなの？」

「そう。……でもね、そこがあいつのいいとこなの」

ユウミは胸を張ってテラスの天井を見た。その向こうには、今も官憲達の守る虹空が見える。

サリルはそれを察して深呼吸し、目を細めるユウミの姿に白い歯を見せて微笑む。

「……ほんとによかった」

「ありがと。サリ、ジョナ」

「まあ、付き合ってみてからじゃないとわからないことなんていっぱいあるしね」

ジョナはすました顔でハーブティーを飲むのみだ。

「ところで、サリルはどうなの？　彼、何もしゃべらないみたいだし。意志疎通なんてどうなってるのかしら」

「なんだろう。彼の場合は……分かりすぎるのかも。だって思ったこと伝わっちゃうから」

「それはそれで大変ね。隠したいことなんて山ほどあるのに」

「うん、怒ってても伝わっちゃうし。逆に彼の気持ちもびびっと来ちゃう。でも洗いざらい、やなことも解りあっちゃうっていうのもいいのかも……って今は思う」

ジョナは腕を組んでふと笑った。

「それは大変よ。ものすごく……。でも私が見たこともない景色かもね」

彼女はハーブティーを飲むと、音もなくカップを置く。

「ジョナは何もないの？　あんたならなにも困んなそうってか、ファンレターすごいよね」

「ユウミ。頭痛の種の話をここでしないで」

「あ、ごめん……」

「でもいいのよ。貴方といると気が楽だから」

「あんたもそうなの？」

　ユウミはジョナに近づき、体をもたれて頭をかしげ、ジョナの肩にかけた。ジョナは何も言わずにそのままハーブティーのカップを手に持って、それを少し揺らす。


「で、何かしら。恋愛ね。恋愛恋愛……」

「わっ。急に鈍った」

「鈍ったも何も。貴方たちみたいな純愛なんて、もう通り過ぎてるわ」

「ちょっと……今のひどくない？」

　ユウミがジョナにくっつけた頭を離して、ジョナの目を見ると頬を膨らまして、サリルに言う。

「そりゃあジョナは舞台女優なんだし。それが仕事ってこともあるからさ」

「いろいろあるに決まってるでしょ……。話聞きたいの？」

「うー。お昼は、やめとこ？」

　ユウミが言って、三人は同意した。

「んーでも、ルティオはどこまでいっても変わった子だよ」

「あんたがいてやらないとまともになんないよ。あいつ」

「……言えてるかも」

「だからずっと側にいてやんな」

と言われて続きを言いかけた時、不意にユウミとジョナが再びくっついた様を、サリルは見つめてしまっていた。二人は何をも超えて、お互いの背中を預け合っているように見えて。

「かわいい」

「何？」

ジョナが聞いて、サリルは微笑む。

「二人が」

ユウミが目を細めて見つめ返した。

「あんたたちもかわいいよ」

「ありがとう」

サリルはそう言って、紅茶を一口飲む。

「愛はいろいろ」

ジョナが言って
「その通りだよ」

サリルが答える。

「そう言えば変わった人間ばっかりだったかしら」

ジョナが言うと、ユウミは顔を離してジョナの目を見た。

「あんた変わってる」

ジョナもユウミを見た。

「貴方もね」

そして二人はサリルを見た。冗談を重ねた末に、三人は笑った。

「ハハ。ほんとにさ。いい意味でこんな未来が来るなんて、思わなかった」

ジョナがサリルとユウミの二人に言った。

「貴方たちには感謝してる」

「お互い様でしょ！」

ユウミが手をグーにして机の真ん中に手を伸ばす。

二人もグーを突き合わせて、笑う。

「そういや卒業か。もうそろそろで」

「あとひと月でしょ、貴方の大学の面接と、サリルの髪結い試験」

「うん……緊張ばっかり。ユウミは？」

「腹ぁ括る(くく)しかないっしょ。大丈夫。あんなことでも生き延びたんだからさ。私たち」

「気に障るかもしれないけど、私は……その、貴方達がうらやましいのもあるわ。皆が横並びで、思い切り勝負できるってこと、もうしばらくしてないから」

「そう言うとこが、あんたのいいとこよ。ジョナ」

「ありがとう。貴方達にしか言えないのよ。……それと」

「なに？　ジョナ」

「ルティオ、今貴方のとこで働いてる？」

「あ、ジョナ知らなかった？」

「言ってなくてごめん。その……配達員としてね。他のお店と持ち回りなんだけどさ」

ユウミとジョナは、目を見合わせた。

「ぴったりじゃない」


数日後。半壊のペンペンコは改装中だった。

天災という名目で魔人災害に対応した条例や法律で支援されてはいるが、ペンペンコも補償対象になる部分と、ならない部分がある。

店自体の客の入りは減ったのだが、完全防衛できた郊外からの注文は多かった。

病院で知り合った社福師（しゃふくし）の提案には、サリルもクリシャも驚いた。

しかしそれを一番喜んだのは料理長だった。

ウェイトレスのサリルはその家から預かった器に定食を入れて、外へと出ていく。

ルティオは街の機械を整備するからくり技師のおじさんに修理してもらった銀の円盤を日に輝かせ、店先で待っていた。

あの夜、サリルと共に病院に担ぎこまれたルティオはその技師と医術師による大手術を受け、以前と変わらない快調な身体をもらっていたのだった。サリルはどさどさと袋を運んでは円盤の上に置いていく。

「はい！　二丁目のマヒロさんの分がペンペンコシチュー、三丁目のカネカさんが丼もの、五丁目のフクハちゃん家。このお肉牛だから高級品よ！　こぼさないように。てか全部こぼしちゃダメだよ。今の分はこれだけ」

早口のサリルにルティオは親指を立てる。

「気を付けてね。それと……笑顔でね！」

彼は荷物をぶら下げた円盤で空を駆けていった。

「うん。今日もいい顔してる」

そして次の通りで高所作業中の大工さんにばっきゃろー！と怒られていた。

不良たちはその大工さんに率いられ、ルティオをねぎらうように笑っていた。

ペンペンコで働く前は、ルティオと彼らは一緒に仕事をしていたそうだ。腕っぷしの強さがあり、サリルとの関係の話もあって、いじるところにこまらないキャラクターとして受け入れられたそうだ。

ルティオは宙に浮いたまま大工さんに怒られ、しょんぼりしたまま空を飛んでいった。

あー。謝りにいかなくちゃ……。

ウェイトレス姿で戻ると、そこにはブノーが待ち構えていた。

「サリルさん。あと三件の依頼が出てる。近場だから、自転車で運べるかい？」

「はい！　できます」

「そうかい。じゃあ、それが終わったら今日は上がりな」

「いいんですか？」

「いいんですかも何も、こんな風に街が壊れたら通常営業のペースで働けないだろ。それに、ネスタさんもちゃあんと働くようになったし。言うことはないよ」

料理長は何故か、あの日以来人が変わったように表情が解けていた。

サリルは何も聞かされていない。

当然、ミスすれば怒られるけれど。一番変わったのは、これだった。

「ああ、あと髪結い。日が短いんだろ。さっさと受かんなよ」

サリルは料理長に微笑んだ。そして深々と頭を下げて言った。

「ごめんなさい」

「何を謝ってるんだい。ほら、早く行きなよ」

ブノーは自然に、そんなことを言ってくれた。そうしてサリルはロッカールームへ戻っていく。

「先輩、お疲れです！」

ネスタは才能を開花させ、そして最近、若手の中で一番になりたいと言いだした。

これから未来、どうなるかは分からないけれど。きっと彼女ならやれるとサリルは思う。

サリルは髪結いの受験勉強にいそしむようになった。

実技は問題ないとの判定をもらったが、座学もやらなければならない。勉強の方法はユウミに教えてもらったし、間に合えばいいのだが。耳栓をしたまま、サリルは時計を見た。……もう夜中。もうすぐ、制服を着ることもなくなるし、皆と会える日も少ない。

あと、十日で卒業。

門をくぐると、何気ない会話。

ユウミとジョナの笑う顔。いつもの校庭。女子のグループ、ボールで遊ぶ男子たち、先生。

気に入っている制服。大事に使ってきた革のバッグ。

すべてがあと少しで終わりを迎える。それからみんなは、すべてを新しく、別々の道を歩むのだ。だが、そこに不安はなかった。

この笑いあう時間はすべて大切な日々として織りなされていくのだから。

あれほど向き合うのが嫌だった卒業式が、今はいとおしい。

この日一日がその晴れの日に向けて積み重なっていく。

……それからしばらくして、やってきた朝の光の中で、サリルは呼吸した。

彼女は支度を整えると、黒いタイトなズボンと白い襟シャツの姿で考試会場へと向かう。

卒業証明書、寄せ書きを詰めたお守り、参考書、ガラスのペンを大事にカバンに詰めて列をなす入口に入っていく。

これまで、変わらずペンペンコで働きながら筆記試験の勉強をやってきた。もちろんいいことばかりではなかったし、あの後さえ平坦な道など一つもなかった。

それでもサリルはあの夢幻の中に輝く光に向かって走った記憶を忘れてはいなかった。

どんなにボロボロでも、手を伸ばせるように。

どんな結果になっても、すべてを糧にしたいと願った。

試験場のブースに立つと、目の前にマネキンが置いてあった。

今、このときを、サリルは信じる。

おばあ、皆、見ていて。

瞳を閉じて、胸に手を当て、試験官の声を待つ。

「では、はじめ」

サリルは目を開いた。

手に持つ金のはさみで、未来を切り開き、そしてそのイメージを……結い始めるために。


緑が香る原っぱで、サリルは彼を待った。

「ルティオ」

ルティオは降り立ち、給料で買ったのか……さわやかな黄色いボタンシャツをはおり、中にはネイビーのシャツ、下は白い短パンに靴。

「今日、すごく似合ってるよ」

ルティオは後頭部を掻きかき、困った顔をサリルに向ける。

サリルは、笑いながら大きな木を指さした。

「あそこの下に座ろ」

サリルはルティオの肩に自分の頭をもたれ、いつもと同じように、風に吹かれていた。

サリルは、髪結いを皆伝した。それでもサリルを採用してくれるお店が決まるまでは、サリルの仕事はペンペンコにある。でも、だからこそ昨日はなかなか揃わぬ一家で久しぶりに食事もできた。そう考えている。

「……父さんと母さん昨日酔っちゃってさ。寄り添って寝ちゃって。布団かけたんだけど。ちょっと羨ましかった。でもさ。マンションも三人じゃ狭くて。父さんの寝相悪いの。ほんっとひどい。今はもっと狭い勉強部屋に寝ちゃってて」

ルティオは今、バルディンが一人暮らしをしていた官憲の庁舎で、他の官憲たちと共に住んでいる。一応、何も分からなかった時に起こした物損のお金を人々に返さなければならないのと、ルティオはまだ自分の身体を信用することができなかった。しかし、ルティオの働きぶりは、今までかけた迷惑を補って余りあるものだった。普通の男の子として生活できる彼は今やこの街に溶けこみ、こうして何げない話をすることを隠さなくてもいいのだ。

官憲たちに自分自身を見守るというか見張ってほしかったからだ。カムのことを考えると、ル
ルティオは微笑みながら、ずっとサリルの話を楽しそうに聞いて、それがひと段落すると立ち上がり、折れた木の棒を持って、足元に置いた。

ルティオが跳んで、棒の上に着地する。

「私も？」

ルティオがうなづく。

彼が教えてくれたのは、彼自身が無意識にできる体の使い方だった。重い身体と軽い身体の激しい変化にも、バランスを崩さない重心の移動。そしてそこから生み出されるばねのような体術、体中で円を描くようなスタイルの格闘術で敵を翻弄し、時として凄まじい威力の直線的な一撃を放つことを、サリルはルティオと共に様々なトレーニングを重ねることで覚えていった。それは、彼の特別な身体から生み出されるものではあった。

同時に、サリルもその一つひとつに意味を与える中で、できることを身に付けもした。

サリルは、ルティオの足が乗った木の棒に向かって、幅跳びのように跳んだ。

「わっ」

バランスが崩れたところを、ルティオがサリルの腰に手を回すことで支えた。

「これ、百回くらいやったね。最初は、初めてルゥコの髪をボブにした時だっけ」

ルティオはうなづく。

ルティオの身体は、今限りなく軽いはず。サリルはいたずらっぽく笑うと、木の棒に乗ったままルティオをつまずかせ、体全体を使って円を描き、きれいに投げ飛ばした。

「はっ！」

するとルティオが跳んで、思いのほか跳んで、ガニ股で芝生に突っ込む。

「あっ。ごめん！　いつもより軽すぎた感じはしたの……」

サリルが口を掌で押さえて駆け寄ると、ルティオは仰向けのまま親指を立てた。

「服、汚れた？　顔もなんともない？」

ルティオは首を縦に振った。服も大丈夫なようだ。

「汚れたらうちの洗濯機、使わせてあげるからね」

サリルは肩をなでおろし、二人は先ほど座っていた木陰に戻って、そこに立った。

彼のことを分かって、寂しかったこともある。

ルティオには、味覚がない。

髪が伸びてくれない。

どんなに温めても、体が冷たい。

だからサリルは自分が身に付けてきたことを、ルティオにしてあげることができない。

けれどお互いの気持ちは、怒りも、悲しみも喜びも、安らぎも分かち合うことができる。

それは大切に守りたいたった一つの、そして他の誰とも変わらない、凡（すべ）てだ。

「あ、伝え忘れてたことがあるの」

ルティオはそれを聞くと、真剣な顔になってサリルを見つめた。

サリルは微笑み、視界に広がる芝を見て遠い目をした。

「あの時。あなたに向き合うことも、苦しかった。あなたの想いも……届いてたから。

妖精さんの助けを待ってた。あの日に見た、あなたにすがってた。でもあれから、ちょっとでも、勇気出せたかな」

ルティオは、うなづいてくれる。

「でも、もう少しここで、わたし頑張ってみたいって願ってる。……今、あの時の自分には分からなかった世界を、見てる」

ルティオはサリルのしなやかな手のひらを、まるで……いつまでもその輪郭を、覚えていたいと願うように自分の手のひらと結んだ。

「愛することは、飛び込むことだって分かったから」

サリルは流すような目で、ルティオにそうささやいた。

「私、自分を愛せるようになりたいの。あなたがそうしてくれたように」

ルティオは微笑む。

サリルは、彼の名を呼ぶ。

「ルティ……」

突然サリルが、ルティオに口づけされたのはその時だった。

言葉にならず、驚いたまま、彼女は彼を受け入れ、しばらく共に身も心も、そのまま風にそよがれたまま、時が止まった。

ルティオがサリルからゆっくりと唇を離す。するとルティオは静かに歩きだし、何か言いたげな顔をした。サリルはそこでもう分かっていた。旅立ちがすぐそこだということ。

そしてルティオ自身が自分の機械の身体を、そこまで信じてもいない。何よりここにいつまでも居続けることが、彼自身を幸福にはしないだろうということを。

「そうよね。ルティオは……ヒーローだもん。ここがゴールなんじゃ、ないもんね」

ルティオは名残惜しそうにサリルを見つめ、そして虹の光彩が揺らめく空を見つめた。

「……明日。野焼きだから。屋上で最後の、お別れをしましょ」

サリルは頬にすっと涙を流していた。

でも、これは悲しいから流す涙なんかじゃなかった。きっとそうだと、自分に願ってルティオの透き通る緑色の目を見た。

ルティオはこくりとうなづく。

風がそよぎ、一波の凪が二人のふわりとした前髪を揺らす。

サリルは最後の言葉を。

「ありがとう。わたしに翼をくれて」

彼に伝えた。


明け方。

ルティオは、再生の進んだこの街の景色を、この屋上から見つめていた。

朝日はオレンジ色に輝き、この世界に圧倒的な光を与えて無明の世界をあたためている。

虹空が張られるぎりぎりの時間までルティオは残った。

昨日、彼はユウミやジョナ、トッシュやサリルの両親、それにたくさんのお世話になった人の元に行って別れを告げてきた。

二人は真新しい墓と、古く大きな墓の前にも行った。

目を閉じて、一心にその人たちの安寧を祈った。

そして今、背後に立っている最後の大切な人の、朝日に照らされた表情を見つめた。

彼女の手のひらに輝く、金の翼のダブルブローチ。

その紺碧の石は朝の陽射しを透き通して、ルティオが向かう空と同じ色に光っている。

遠くから、銀の円盤が現れたのはその時だった。

ルティオはにわかにこぶしを掲げ、風を吹かせた。

それはつむじとなり、彼の身を包んではためかせた。その真白き衣をまといし勇者は、初めてサリルをあの空へと連れて行った時と同じ姿になった。

「会えるよね」

サリルは朝日を照り返して輝き、ルティオに微笑んでいた。

あの深淵の中で出会った夢幻の記憶に、射す光と同じに。

「いつかきっと、またこんな風に」

サリルに向かってルティオはにこりとして、最後の笑顔を向けた。

背を向けて前を向く。サリルから離れると、ルティオは首だけを振り返る。

朝日へと疾き風のように走ると、跳び、円盤に乗る。

右足を踏み込むとルティオは空を駆け、白銀の流星のように、上昇していく。

力場の虹の消えた、全き空の中へと。

大切な人々と、記憶を残して。

その後サリルは、髪結いの資格をもとに街じゅうのサロンを訪ねてみた。

だが、サリルのような試験を突破したばかりの者は、通常雇ってもらい修行して金銭をもらえるようになることが定説で…つまり、どこも人が足りていた。

サリルの腕は実際、ジョナが認めただけあって優れていたのだが、サリルの行く場所はなかなか決まらない。申し訳なくて焦っていたのだが、母も父も、その日を待つように彼女を支えてくれた。ペンペンコがあったから、サリルは働きながらあの暁を求めた。

サリルの結果が出たのは、それからしばらく経ってからだった。

もう無理かと、うすうす思ってダメもとで行ってみた店。

それも、評判の有名サロンに。それも、有名なスタイリストが働く、いや、スタイリストという言葉を流行らせた店だった。店主は鼻の高い、顔のいい男だ。

「サリルちゃんね。アンバーの目、かわいいし肝心の腕も立つし」

「そ、そうですか……？」

予想だにしない展開に、サリルは頬を赤らめながら、高鳴る胸を押さえるだけで精いっぱいだった。店主とサリルのやり取りは、所定の時間を超えて親しく進んで、そして終わり、彼女は笑顔でドアを閉めた。

だが帰り際、強く耳を打った店主の言葉をサリルは思い返していた。

「でもウチ、厳しいよ。しのぎを削るから。これは言っとかなきゃ申し訳ないからさ」

続けて、サリルがほとんど何も考えずに言ってしまっていた言葉は。

「分かりました。少し考える時間を下さい」

「いいよ。よく考えて自分の道を決めてください。なんたって君の人生だからね」

店主の最後の言葉はとても丁寧で、誠実さに満ちていた。後でそのことを調べたら、あそこで短絡的にやりますということがむしろダメだったらしい。

はやりすたりですぐ辞めると店主に評価されるから、というのが理由だった。と、ジョナにそう言われた。大学生のユウミは、店の名前を聞くといきなりサリルに抱きついて、本当に喜んでくれた。

二人はルティオが去ってからというもの、ずっとサリルを心配していたから。

でも、周りの気遣いに反していろいろなことが決まっていきそうな気がしていて、それにつれサリルは、だんだんと自信の一つ二つ、ついたかのように嬉しかった。

けれど。これでいいんだろうか、その気持ちは、ずっと胸の内にあり続けた。


昼間の公園。

「サリル！」

その先には三人の子供たちがいた。

クリン、オムム、ルゥコ。三人が自分を呼ぶ声がする。

ふと、真っ白いボールをサリルは受け取る。

「ねえ、サリル、聞いてよ。オムがまた変な虫とってきたの」

近づいてきたルゥコの困った顔に、サリルは笑った。

「ぼくが好きだから！　ルゥコも好きになってくれる！」

「おまえ、こいつの顔見てもそう思うのか……？」

クリンは奇異の目で驚いたようだ。

「オム、ルゥコにもっと喜んでもらう方法があるの」

「なに？」

サリルは三人を招く。彼らは大理石の椅子に自然と腰かけた。サリルはその三人のたたずまいを見ると……微笑むばかりで何の言葉もいらなかった。

「どうしたの？」

覗き込むルゥコに、サリルは答える。

「ううん、何でもないけど……。みんなの姿を、何だか見ておきたくて」

「ねえねぇ！　どうしたらもっと喜んでもらえるの？　早く！　言って！　サリル！」

「うん。ルゥコが、どんなものが好きか見てごらん。それをあげればいいの」

「虫じゃダメ？」

「ううん。でも。言葉や物より大切なものがあるの。だからじーっとしてね。静かに、それを見るの」

「……なんか、今のサリル。ルティオに似てた」

「えっ」

「ルティオはね。分かんないけど、分かってたの。お話はできないけれど、できなくてもよかったの」

サリルはその言葉を聞き、虹の光彩が輝く、空を見ながら答える。

「そうだった」

その時、真新しい緑の芝生の向こうから、クリシャが慌ててやってきた。

「サリちゃん！　早く戻ってきて！　ルノアちゃん……生まれそうなの！」

サリルは、クリシャの走る方向を追いかけ、子供たちも付いてきた。

あの事件のあと、真っ先に復旧された病院の中に入り、用意された椅子に腰かける。

すでに、男性が座っていた。ルノアの旦那さんだった。

サリルは会釈をしたが、ほとんど旦那はサリルを見ず、天井を見上げるばかりだ。

その扉の向こうでルノアの痛々しい叫びが聞こえ、思わずサリルは震え立ち上がった。

旦那は顔を抑えて、彼女と同じに、痛むようにうずくまっている。

時間が経ち、扉の向こう。

泣くことと、笑うことがいっぺんに押し寄せたかのような産声が、上がった。

生まれた。

旦那さんは立ち上がり、初めてそのくしゃくしゃにした笑顔を見せた。

しばらくして扉が開くと、産婆さんが布にくるまれた赤ちゃんをあやすように抱きかかえて、旦那さんに見せた。サリルは、その透明な瞳を見つめ、産婆さんからルノアの手にわたり、祝福される赤ちゃんを見ていた。

「店長、サリーちゃんたち……。この子を、皆が護ってくれた」

ルノアは、そう言った。

その光景はサリルの中にずっと残った。

天使も悪魔に落ちてしまうような、そんな世の中で。いつ突然に壊されたって、おかしいことなど何もないこの日常の中で。護りたいもの。

その何かが分かって、そしてサリルの中で、何かが決まった気がした。

サリルはその日、オノコロの政治府の大広間にいた。

「承知いたしました。我が娘、その願い。そして我が望み。……いずれの形になろうとも、必ずや人々のためと為すでしょう」

サリルは、父と共に混乱した頭を下げた。

母と父はその夕方、彼女のために時間を整えて、ともに食事をとった。

「辛い修行になるぞ。サリル」

「うん。父さん……私。それでもやってみたい」

サリルの決意は固かった。父と母を悩ませるのも辛かったけれど。言葉じゃない直感を彼女は受け取ったのだ。どんな考えを巡らせても、もう後戻りはしないものを。

「分かった。お前のためにできることをしよう」

バルディンは静かに、そう言って娘を抱き寄せた。


サリルは、一年たってもペンペンコで働いていた。

別にあの店がサリルを拒んだわけでも、サリルがサロンに落ち続けたわけでもない。

ただ彼女は砂漠で、あるいは食べ物も水もない場所で生活する訓練を受けていただけだ。

厳しい修行だったが、両親は決めたことだからと、本当に強くサリルを支えてくれた。

その日……。人々と別れを惜しんだサリルは、引きだしからありったけの荷物を取り出す。

がま口のポーチは、絶対に持って行こうと思う。

あの夜のことを、鮮明に覚えているから。

あの時に、救われたから。

結局、自分にうそをつくことはできなかったから。

影となった部屋にただ一筋、窓から透明な光が入り、部屋を薄ぼんやりと照らした。

サリルは大きな荷物を背負い、今は誰もいない働いていた場所をいとおしむように眺めた。

一礼するとペンペンコの正面扉を閉め、そこで待つ両親と共に、街のある場所に歩いた。

「この街から出る人間は、お前だけではない。過去にもそのように願った者を許し、送り出したことがある。すべて、その人の魔の芽を開かせないためだった。だから装備も信頼できるものがある。だが、一人の孤独な旅になる」

そこには従者が待ち受けていて、親しい人々が待っていた。

ユウミ、そして特別に都合を開けたジョナ、学校時代の友、髪結いつながりで交友を持った人々、ペンペンコのスタッフたち、ルノア一家、トッシュたち、官憲。

彼女は案内してくれる従者にお辞儀をした。

彼らも厳かな儀式を執り行うように、サリルをオノコロの街の内部へと招待した。

この街の技術の粋を凝らした砂漠用装備と、共に訓練を受けたチィロが立っていた。

「この子にならば、貴方を任せられる」

ジョナがチィロの手綱を、サリルに渡してくれた。


静かな夜。

サリルは、その旅人の装束に身を包んだ体で両親に最後の言葉を贈った。

「待っていて。私、すてきな髪結いになるから。絶対に、戻ってくる。皆が苦しまない方法を探して、持ってくるから」

クリシャは、目に大粒の涙をためて、サリルのことを見るばかりだった。

バルディンはうなづき最後の言葉を、娘に送る。

「さあ、往け。決して絶やさぬよう…。お前が願う希望の灯を何があろうと心に抱け」

サリルは父に、確かにうなづくと、チィロの上に乗った。

視線は自分の背の二倍ほど高く、行く手には無明の砂漠が広がる。
地平線と空の境界はあいまいだった。
風が呼んでいる。
サリルは、ただ。その懐にあった金色の翼を握りしめた。
彼女のまたがる鞍から、チィロの白い綿の背中をさらうように撫でる。
チィロは歩き出す。
砂漠の砂をものともしない、力強い足取りで。
空には星がまたたく空と、大いなる真白き月がある。

生きよう。
そして、歩いていこう。
遠き日に願ったこの道を。
もし、また巡り会えたのなら。
今度はきっと。
雲一つない、紺碧の空の下で。

謝辞

この本を手に取り、読んでくださった皆さん。本当にありがとうございました。

二年前のゴールデンウィークに、出版の電話が来た日のことをありありと覚えています。

その時からすれば、ここまでたくさんの人の手が加わり、声援を受け、アドバイスをもらって作るなど、想像もつきませんでした。

本当に多くの人に支えられてこの作品があることを実感しています。結果がない時から、手渡した作品を読んでくれた仲間には、本当に頭が上がりません。ありがとう。

せっかくなので、本書がもっと面白くなるようなあとがきをと思い、頑張ってみます。

とはいえ、本書の世界を通して、登場人物たちが言いたかったことは何だろう、と考えますが、それは自分でもまとまってはいません。

筆者自身としては、自分の心の中に見える世界の中に生きている人々の生きざまをつぶさに記録し、そのままを書きだしてまとめたに過ぎないからなのですが……頭をひねってひねりだすなら『なりたい自分になることはできるし、また、そうなってもしまう』とか、そんなところでしょうか。

それなら私は確実に、『なってしまった』『作ってしまった側』の人間です。

私はまだそんなに生きてはいないですが、それにしても、あまりにも多くの時間を怒りに費やしてしまいました。それに気付いたのは、割とすべてが終わった最近のことです。

だから本書を読んでくださった素晴らしい皆さんには、すぐにでも『なれた』『作れた』と自信をもって言える側になって頂きたいと思っています。難しいけどね。

でも、私も本書を探求する中で、この世界と登場人物たちに出会うことができました。

未熟な点も多い時から、手に取って読んでくれた仲間に出会うことができました。

だから本当に大変な世の中だし、相変わらずついてないことばかりが起きる毎日だけど、なりたい自分がもし見つかったら、それを思い描くことを諦めないでほしいと思います。

今の時代、方法は無数にあります。ある程度楽なやり方も見つかります。

その時、本書の登場人物たちがあなたと共にあってくれたらこれ以上の喜びはありません。

そのような希望のため、本書は切なくて明るいエンターテインメント小説となるように最大限の調整を図りました。今までに存在した数々のジャンルを含みながら密度があり、満足度の高いもの、おしゃれでかっこいいものに仕上がっていたらな、と思っています。

結果として彼女たち、彼たちが織りなす物語が、国内外を問わずあらゆるポップカルチャーを内包し、それらの素晴らしい創造物への賛歌（アンセム）として完成し、読者の方々に励ましを送るものになればと祈っています。私は今まで、表現には意味などないと思っていました。医者や弁護士、経営者といった人々と比べて、人の役に立つ仕事ではないと思っていたからです。それはかつて、アメコミ界の巨匠（マスター）、スタン・リー氏が悩んでいたことと同じでした。しかし、彼が人を楽しませる事もまた、他の職業と同じように素晴らしいことなのだと気付かれたように、私も昨今の世界を巻き込んだ大きなうねりの中で、人を楽しませ、鼓舞する仕事の大切さを痛感しております。世界には豊かさと潤いが必要です。言うまでもなく、それは心の豊かさと潤いです。それが必要とされる限り、この世は表現するに値する世界です。そして、生きるに値する世界です。そして、このような困難が起きれば起きるほど、私たちが生きていく意味はますます深まり、強くなっていくのです。だから、どうか、今生きているあなたの人生が豊かで、希望に満ちたものとなりますように。

それと是非、感想を送ってください。私は今までいろんな感想を聞いて作ってきました。どんなものも参考にさせていただきます。

これまで様々に改稿アドバイスをくれた友人の田中に感謝を送ります。お前の指摘は痛かったが、世話になったよ。その言葉を理解したとき、見る見るうちに作品がよくなっていった。ありがとう。

A夫妻。俺は俺でいい人生になるように頑張るよ。

ONさん、福祉士の資格、頑張ろう。TKさん、事業成功を祈ってます。SMさん、YTさん。大変お世話になりました。YHくん、君の翻訳の技術は本物だ。小説を面白く読んでくれた。熊本下読みチーム、ありがとう。

ペンネームの名付け親、弟よ。お前は親に付けられた名前通りの男に育った。これからもよろしく。もう一つの名付け親、YU。君の細かなアドバイスがなければ、物語内の彼女たちの気持ちに寄り添うことは難しかったろう。何回も読んでくれてありがとう。

この作品を拾ってくださった幻冬舎の皆さん、ありがとうございました。

編集、中森さん。あなたの手がける最後の作品として、立派なものが作れたらうれしいです。

そしてなにより家族が仲良くなった事実なくして、この挑戦はないことを忘れません。

ここに書ききれなかった方、すみませんでした。それに、本当は全員書きたいよ。

全員挙げると一万字くらいになるから、勘弁してください。

友達もおらず、大学の卒業式には出ず、半分引きこもっていたところから、これほど多くの人に支えられて、今この文章を書けることに感謝します。

そして本当の最後に、僕を子供のころから夢中にし、生きる指針を与え続けてくれた国内外の多くのスーパーヒーロー達と、その作り手の皆様方に、最大限の敬意を表します。

願わくは、あなた方の遺した偉大な遺産に恥じぬ作品とならんことを祈ります。


偉大なるポップカルチャーに愛をこめて。

二〇二〇年　三月二十七日

羽田和平

【著者紹介】
羽田和平(わだ かずへい)
福岡大学経済学部卒。
本作『エバーラスティング・ブルー』がデビュー作となる。

エバーラスティング・ブルー

2020年4月28日　第1刷発行

著　者　羽田和平
発行人　久保田貴幸

発行元　株式会社 幻冬舎メディアコンサルティング
〒151-0051　東京都渋谷区千駄ヶ谷4-9-7
電話　03-5411-6440(編集)

発売元　株式会社 幻冬舎
〒151-0051　東京都渋谷区千駄ヶ谷4-9-7
電話　03-5411-6222(営業)

印刷・製本　シナジーコミュニケーションズ株式会社
装　丁　菅野 南
装　画　いちご飴

検印廃止

Printed in Japan
ISBN 978-4-344-92793-3 C0093
幻冬舎メディアコンサルティングHP
http://www.gentosha-mc.com/